12 LIVRAISONS PAR AN

[Pri]x de la livraison : 75 cent.

Chaque livraison se compose de 2 feuilles
de texte in-4o
ornées de 8 à 10 belles gravures
et d'un magnifique portrait à part
gravé sur acier
imprimé sur papier de Chine
par Chardon aîné

Les 12 livraisons forment un beau volume
de 24 feuilles de texte in-4o
illustrées de 200 à 225 gravures
accompagnées de 12 magnifiques portraits
gravés sur acier
imprimés sur papier de Chine
par Chardon aîné

(DEUXIÈME ANNÉE)

— 1858 —

MUSÉE UNIVERSEL

HISTOIRE, LITTÉRATURE
SCIENCES, ARTS, INDUSTRIE, VOYAGES
NOUVELLES

DIRECTION LITTÉRAIRE : A. FOUQUIER

Direction artistique et Administration :
H. LEBRUN
FONDATEUR DE LA MOSAÏQUE

LEBRUN ET Cie, ÉDITEURS
RUE DES SAINTS-PÈRES, 8

PAR AN : **24** feuilles de texte, ornées de 8 à 10 gravures, et **12** Portraits à part gravés sur acier, imprimés sur papier de Chine.
LA FEUILLE, 15 C.; LE PORTRAIT, 50 C.

LEBRUN ET Cie
ÉDITEURS
8, rue des Saints-Pères, 8

PAR AN : **12** livrais. brochées, chacune de **2** feuilles de texte, avec Portrait à part.
Chaque livraison se vend isolément **75** centimes.
ABONN. ANNUEL : PARIS, 8 F., DÉPART., 9 F.

MUSÉE UNIVERSEL

GALERIE DES HOMMES UTILES. — SAINT VINCENT DE PAUL

La chasse de saint Vincent de Paul.

Un jour, dans les premiers temps de la régence d'Anne d'Autriche, comme le conseil de *conscience* ou conseil supérieur des affaires ecclésiastiques était réuni dans une des salles du Louvre, la régente, le cardinal Mazarin, le chancelier et M. Chardon virent entrer un prêtre dont la soutane râpée, les bas noirs grossièrement reprisés et la ceinture déchirée faisaient un sigulier contraste avec les élégances de la jeune cour. « — Voyez ça, s'écria le cardinal, qui se mit à tirer la ceinture en lambeaux;

voyez comme *moussiou* Vincent s'en vient habillé à la cour et la belle ceinture qu'il porte. »

Ce M. Vincent, dont se moquait ainsi le cardinal-ministre, la postérité devait l'appeler saint Vincent de Paul.

Le pauvre prêtre est devenu un saint dans le ciel et, sur la terre, un héros chrétien! L'humanité l'a placé à la tête de ses bienfaiteurs, et l'imagination se le représente comme une figure symbolique de la Charité, entouré d'enfants sauvés par son zèle et nourris par ses mains. Où sont aujourd'hui les richesses, le faste, la politique si vantée d'un Mazarin? Mais la sublime vertu du prêtre en haillons persiste dans ses œuvres; son esprit est vivant au milieu de nous et son souffle anime et conserve les institutions les plus grandes, les plus robustes, les plus respectables qu'il ait été donné à l'homme de fonder.

Saint Vincent de Paul naquit le 24 avril 1576, à Ranquines, petit hameau attenant au village de Poüy, à trois lieues d'Acqs (aujourd'hui Dax), dans les landes de Bordeaux. Il était le troisième enfant de deux pauvres paysans, Jean de Paul et Bertrande de Moras. Dans son jeune âge, Vincent garda les pourceaux de son père : plus tard, quand on l'appelait monseigneur, il répondait : Je ne suis qu'un porcher.

C'est à cette *glorieuse humilité*, comme parle saint Bernard, qu'il faut attribuer les erreurs et les doutes répandus sur quelques points de sa vie.

Ainsi, on n'apprit qu'après sa mort, et plus d'un biographe l'ignore encore à cette heure, que le jeune Vincent étudia seize ans la théologie, tant à Acqs qu'à Toulouse, et que, dans cette dernière ville, il obtint les plus hauts grades ecclésiastiques.

Élève, dès l'âge de douze ans, des cordeliers d'Acqs; répétiteur à seize ans des enfants du juge de paix de Poüy, il reçut, le 20 décembre 1596, la tonsure et les ordres mineurs; il fut ordonné sous-diacre le 19 septembre 1598, et diacre le 19 décembre de la même année.

A partir de ce moment, la vie de cet homme si simple devient un roman véritable; car il était destiné providentiellement à être comme le chevalier errant de la foi et de la charité.

Ses études terminées, Vincent de Paul avait été ordonné prêtre le 23 septembre 1600, et nommé peu après à la cure de Tilh. Un compétiteur ayant obtenu de Rome, presque en même temps que lui, cette cure, une des meilleures de la province, Vincent la lui abandonna sans conteste.

En 1604, Vincent venait d'obtenir le diplôme de bachelier en théologie, quand une personne pieuse l'institua son héritier, à Marseille, pour une somme de 15,000 livres. Vincent partit pour Marseille en 1605, y recueillit cet héritage, et comme, pour abréger son retour, il revenait par mer, trois brigantins turcs, apostés dans le golfe du Lion, pour saisir au passage les barques attirées dans ces parages par la foire de Beaucaire, assaillirent la felouque qui portait Vincent. Deux ou trois matelots furent tués, tous les autres blessés, et Vincent reçut pour sa part un coup de flèche qui, dit-il, « me servit d'horloge tout le reste de ma vie. »

Conduit en Barbarie, à Tunis, « tanière et spélonque (caverne) de voleurs sans aveu du Grand-Turc, » Vincent y fut vendu comme Espagnol; car, si on l'avait déclaré Français, il eût pu être réclamé par le consul de sa nation.

Le voilà donc, vêtu d'un caleçon, d'un hoqueton de lin et coiffé d'un bonnet, promené par les rues de Tunis. « Nous ayant fait faire cinq ou six tours par la ville, la chaine au col, dit-il lui-même (Lettre à M. de Commet le jeune, 14 juillet 1607), ils nous ramenèrent au bateau, afin que les marchands vinssent voir qui pouvait manger et qui non, et pour montrer que nos plaies n'étaient pas mortelles. Cela fait, ils nous ramenèrent à la place, où les marchands nous vinrent visiter, tout de même que l'on fait à l'achat d'un cheval ou d'un bœuf, nous faisant ouvrir la bouche pour voir nos dents, palpant nos côtes, sondant nos plaies, et nous faisant cheminer le pas, trotter ou courir, puis lever des fardeaux, et puis lutter, pour voir la force d'un chacun, et mille autres sortes de brutalités. »

Vincent fut acheté par un pêcheur, qui n'en put rien tirer et se hâta de le revendre à un vieillard, « médecin spagyrique, souverain tireur de quintessences. » Ce vieil alchimiste était un homme doux et humain, qui se plaisait fort à discourir avec son esclave sur la philosophie, la religion et la pierre philosophale. Vincent tomba enfin aux mains d'un renégat de Nice. L'apostat avait parmi ses femmes une Grecque; cette chrétienne schismatique, convertie par Vincent, ramena à son tour son mari à la foi de ses pères, et tous trois, s'embarquant sur un petit esquif, débarquèrent à Aigues-Mortes le 28 juin 1607.

De là, ils gagnèrent Avignon, où le vice-légat reçut l'abjuration du renégat, et, en 1608, plus content de ses deux conquêtes spirituelles que de sa propre délivrance, Vincent les conduisit à Rome.

Là, Vincent de Paul eut occasion d'être présenté au cardinal d'Ossat, ambassadeur de France auprès du saint-siége, qui bientôt, appréciant le caractère noble et sûr du jeune prêtre, lui confia une mission secrète auprès du roi Henri IV.

C'était une occasion unique pour un ambitieux; Vincent ne songea qu'à sa mission, non aux fruits qu'il en pouvait retirer. Logé à Paris dans le faubourg Saint-Germain, près de l'hôpital de la Charité, il occupait ses loisirs à soigner et à consoler les pauvres malades. C'était une vocation naturelle, irrésistible chez Vincent; dès sa plus tendre enfance, il s'était senti entraîné d'un zèle infini vers les pauvres et les souffrants, et les paysans landais disaient de lui : « La miséricorde est née avec cet enfant-là. »

Il arriva en ce temps à Vincent une singulière aventure. Lui qui, toute sa vie, regarda l'argent comme *du fumier* et qui n'eut rien en propre, il fut accusé de vol. Il occupait une même chambre avec un juge de Sore, village des Landes. Quatre cents écus appartenant au juge disparurent de l'armoire où les avait placés le juge. Celui-ci accusa Vincent, porta ses plaintes auprès de tous ses protecteurs, lui fit signifier un monitoire. Vincent se contenta de répondre : Dieu sait la vérité. Six ans après, le voleur se déclarait lui-même; c'était un garçon apothicaire, compatriote de Vincent, qui fut arrêté à Bordeaux pour d'autres exploits du même genre.

Henri IV étant mort en 1610, Marguerite de Valois, descendue du trône, choisit Vincent de Paul pour son aumônier ordinaire. Pierre de Bérule, l'homme éminent qui depuis fut cardinal et fondateur des Carmélites et de l'illustre congrégation de l'Oratoire, honorait Vincent d'une estime et d'une amitié particulières. Il lui fit donner, en 1612, la cure de Clichy; il lui avait fait offrir, mais en vain, la riche abbaye de Saint-Léonard-du-Chaume : la pauvre paroisse de Clichy fut préférée par Vincent. Il y avait là beaucoup de bien à faire; le nouveau curé s'y employa avec ardeur; mais un jour, il lui fallut quitter ses paroissiens, pleuré d'eux et les pleurant lui-même. Sur le bruit des vertus singulières de Vincent de Paul, messire Emmanuel de Gondi, comte de Joigny, alors général des galères de France, le demandait pour précepteur de ses trois enfants.

Vincent de Paul apporta dans ces fonctions nouvelles le zèle et l'humanité qu'il mettait en toutes choses : il est curieux de remarquer qu'un de ses trois élèves était ce Paul de Gondi qui fut plus tard l'intrigant de génie connu sous le nom de cardinal de Retz.

La comtesse de Joigny, Françoise-Marguerite de Silly, dame de Gondi, était une de ces âmes d'élite que Dieu semble créer exprès pour l'accomplissement de ses desseins mystérieux. Cette charitable dame entra dans les vues de bienfaisance du précepteur de ses enfants, dont elle n'avait pas tardé à faire son directeur spirituel. C'est dans une de ses terres, à Folleville, dans le diocèse d'Amiens, que Vincent conçut la première idée d'une institution qui est devenue le levier le plus puissant de la religion catholique.

C'était en 1617 : Vincent de Paul, frappé des avantages immenses de la confession générale, tenta un essai de prédication dans ce sens. Ce fut le germe des missions religieuses. Déjà saint François-Xavier avait donné l'exemple de l'apostolat chez les infidèles; Vincent s'aperçut que la prédication n'était pas moins nécessaire à ces pauvres âmes des pays chrétiens, plongées dans les ténèbres de l'ignorance et de l'erreur. Nous verrons quel arbre immense sortit de ce petit germe : ce fut le grain de sénevé dont parle l'Écriture.

Mais d'abord il fallait aller au plus pressé. La guerre, les famines désolaient le royaume; la misère était grande. Un moment retiré, par esprit d'humilité, dans la petite cure de Châtillon-lez-Dombes, en Bresse, Vincent y jeta les fondements d'une confrérie de la charité. Sa parole évangélique attirait incessamment des secours dans les pauvres chaumières, et souvent son aumône discrète rencontrait chez le pauvre celle de ses paroissiens. Mais, se disait-il, il n'y a de bonne charité que celle qui est bien réglée. Il résolut d'organiser l'assistance.

C'est à Mâcon qu'eut lieu, sous sa direction, le premier essai d'une confrérie de la charité. On y donnait l'aumône aux pauvres qui se faisaient inscrire, et si on les trouvait mendiant dans les églises ou par les maisons, on leur retirait les secours de la confrérie. Les passants y étaient logés pour une nuit, et renvoyés le lendemain *avec deux sols*. Les pauvres honteux étaient assistés en leurs maladies et pourvus d'aliments et de remèdes.

Le succès fut complet. « Quand j'établis la Charité à Mâcon, dit-il lui-même, chacun se moquait de moi; on me montrait au doigt par les rues, croyant que je ne pourrais jamais venir à bout, et quand la chose fut faite, chacun fondait en larmes de joie : et les échevins de la ville me firent tant d'honneur au départ que, ne le pouvant porter, je fus contraint de partir en cachette. »

Rappelé auprès du comte de Joigny, il mit à profit l'autorité spéciale de ce seigneur pour étendre à toute une classe de malheureux, horriblement abandonnés, les bienfaits de son zèle infatigable. Rien ne saurait donner l'idée de la pitoyable condition dans laquelle étaient placés les forçats des galères. Ils pourrissaient littéralement dans des caves, sans air et sans lumière, dévorés par la vermine, privés de tous secours spirituels. Vincent loua, dans le faubourg Saint-Honoré, à Paris, une maison dans laquelle il retira ces misérables, attendant leur départ pour le bagne. Il les soigna de ses mains, il les catéchisa. Nommé par Louis XIII, en 1619, aumônier réal des galères, il obtint plus tard, pour loger ses forçats, la Tournelle, près la porte Saint-Bernard.

Il en fit autant à Marseille, en 1622. C'est pendant ce voyage que la tradition place un dévouement si sublime qu'on a cru devoir le révoquer en doute. Un jour, en passant dans les rangs des forçats, Vincent en remarqua un dont le visage était baigné de larmes. Cet homme ne souffrait pas seulement de ses propres malheurs; il avait laissé au pays une femme, des enfants qui, privés de soutien, s'en allaient mourant de misère. Quelque pauvre braconnier peut-être! Touché d'une pitié profonde, Vincent obtint de prendre la place de cet homme, et, pendant quelque temps, porta la chaîne.

Pourquoi douter? Ce trait de vertu surhumaine est attesté par un contemporain et admis par le procès de canonisation. Comme on interrogeait un jour à ce sujet Vincent lui-même, il se détourna en souriant. Chez ce héros d'humilité, un tel silence était un aveu. C'est au poids de la chaîne et à la vie immonde du bagne, qu'on attribua plus tard les ulcères dont ses jambes furent atteintes. L'histoire catholique abonde en traits de ce genre. Saint Paulin ne se vendit-il pas lui-même pour racheter le fils d'une pauvre veuve?

Cependant, en 1620, saint François de Sales, l'aimable évêque de Genève, qu'une étroite amitié unissait à Vincent de Paul, lui avait confié le gouvernement du premier couvent de la Visitation que la mère du Chantal venait de fonder à Paris, dans la rue Saint-Antoine. En 1625, l'archevêque de Paris lui donna la principauté du collége des Bons-Enfants, près la porte Saint-Victor. Ces soins divers n'avaient jamais empêché Vincent de Paul de suivre sa pente naturelle et d'obéir à sa vocation secrète. Il s'en allait donc par les campagnes autour de Paris, catéchisant le pauvre peuple, envoyant des missionnaires là où il ne pouvait aller lui-même. Comme la maison n'était pas assez riche pour nourrir des serviteurs, celui qui sortait le dernier déposait la clef chez un voisin.

Mais bientôt ces petits commencements d'une grande œuvre attirèrent l'attention. En 1627, l'institution des Missions fut autorisée par lettres-patentes de Louis XIII. Le 12 janvier 1632, une bulle du Saint-Père l'érigea en *Congrégation de la Mission*. Ce n'est qu'en 1658 que furent définitivement établies les Constitutions des Prêtres de la Mission, appelés aussi Lazaristes, parce qu'Adrien Lebon, prieur de la riche seigneurie ecclésiastique de Saint-Lazare, aux portes de Paris, en avait doté l'œuvre naissante.

Désormais assuré d'importantes ressources, Vincent de Paul ne mit plus de bornes à son ardente charité. Depuis longtemps des femmes éminentes, on en rencontre partout où il y a du bien à faire, avaient pris part à ses efforts. La plus admirable de ces saintes auxiliaires, Mlle Louise de Marillac, veuve de M. Legras, secrétaire de Marie de Médicis, avait réuni les éléments d'une confrérie de dames de charité, pour l'assistance corporelle et spirituelle des pauvres malades. Mais ces dames tenaient au monde par trop de liens, par trop de devoirs. Leurs visites aux hôpitaux étaient nécessairement irrégulières. Elles sentirent le besoin d'établir un corps spécial de filles dévouées au service des indigents, des malades, des criminels. Dès 1633, les *Filles de la Charité*, ce fut leur premier nom, furent constituées dans une maison de la paroisse Saint-Nicolas-du-Chardonnet. De là, elles furent transportées au village de La Chapelle, puis, en 1642, dans le faubourg Saint-Lazare.

Tout se tient, tout s'enchaîne, dans cette sublime épopée de la bienfaisance. Vincent de Paul avait souvent considéré avec douleur l'horrible condition des enfants trouvés à Paris. Ces pauvres petits êtres relevaient alors des commissaires du Châtelet. On les recueillait dans une maison dite *la Couche*, tenue par une veuve dans la rue Saint-Landry. Là, rien n'était préparé pour les recevoir. Ils y mouraient par centaines, sans nourrices, sans secours. Les servantes endormaient leurs cris à l'aide de potions somnifères; quelques-uns étaient achetés par la cupidité pour être substitués à des enfants légitimes; d'autres, chose horrible à dire, étaient vendus pour servir à des opérations magiques, ou pour sucer le lait corrompu de femmes malades; aucun ne recevait le baptême!

En 1638, Vincent de Paul persuada à Mme Legras de recueillir ces infortunés; on loua à cet effet une maison hors la porte Saint-Victor. En 1640, l'œuvre nouvelle se régularisa; puis, Louis XIII lui assigna 12,000 livres sur les Fermes. C'était quelque chose, mais ce n'était pas assez. L'œuvre coûtait annuellement 40,000 livres. C'est alors qu'en 1648, Vincent de Paul réunit les pieuses fondatrices et leur adressa ce discours, le plus saisissant modèle de l'éloquence chrétienne :

« Or sus, mesdames, la compassion et la charité vous a fait adopter ces petites créatures pour vos enfants; vous avez été leurs mères selon la grâce, depuis que leurs mères selon la nature les ont abandonnées. Voyez maintenant si vous voulez aussi les abandonner. Cessez d'être leurs mères pour devenir à présent leurs juges. Leur vie et leur mort sont entre vos mains. Je m'en vais prendre les voix et les suffrages; il est temps de prononcer leur arrêt et de savoir si vous ne voulez plus avoir de miséricorde pour eux. Ils vivront si vous continuez d'en prendre un charitable soin; et au contraire ils mourront et périront infailliblement si vous les abandonnez; l'expérience ne permet pas d'en douter. »

Les paroles de l'apôtre entraînèrent tous les cœurs; l'élan fut unanime. Des ressources nouvelles furent trouvées sur l'heure. Louis XIII donna le château de Bicêtre, et, plus tard, une vaste maison dans le faubourg Saint-Lazare.

Le pinceau de Delaroche a reproduit cette admirable scène du sermon, et la reconnaissance populaire a fixé dans tous les cœurs l'image du saint prêtre rôdant par les rues et ramassant dans la neige, sous les porches des églises, ces enfants délaissés, tristes épaves de l'amour illégitime ou de la misère désespérée. Est-ce un touchant symbole que cette chasse de Vincent de Paul? Non, c'est la vérité simple et nue. Écoutez et pleurez d'attendrissement et d'amour. Les lignes suivantes sont extraites mot pour mot du livret-journal tenu par les saintes femmes de Charité.

22 *janvier*. M. Vincent est arrivé vers les onze heures du soir; il nous a apporté deux enfants; l'un peut avoir six jours, l'autre est plus âgé. Ils pleuraient, les pauvres petits.

25 *janvier*. Les rues sont remplies de neige; nous attendons M. Vincent.... Le pauvre M. Vincent est transi de froid; il nous arrive avec un enfant. Celui-là a des cheveux blonds, une marque à son bras. Cela fait pitié de le voir. Mon Dieu! mon Dieu! qu'il faut avoir le cœur dur pour abandonner ainsi une pauvre petite créature!

Cependant, le 14 mars 1643, le roi Louis XIII était mort dans les bras de Vincent de Paul. La régente Anne d'Autriche appela le saint prêtre au conseil particulier des affaires ecclésiastiques. Il y porta son humilité ordinaire, mais aussi une loyauté, une tolérance, une fermeté courageuse, un esprit de justice inconnu dans la répartition des bénéfices. Dans ce poste élevé, Vincent côtoyait malgré lui la politique. Il l'entendait à sa façon, à la façon des saints. Sous Richelieu, quand la guerre déchirait le royaume, il allait se jeter aux genoux du terrible cardinal. — Monseigneur, lui disait-il, ayez pitié de nous! donnez la paix à la France! Un autre jour, il lui exposait la persécution exercée contre les catholiques d'Irlande; il demandait qu'on fît cesser ces horreurs; il promettait 100,000 écus pour l'entretien des troupes, et Richelieu le relevait avec bonté ou lui répondait avec son fin et froid sourire: « C'est une grande machine, qu'une armée, M. Vincent, et qui ne se remue pas aisément. »

Les sœurs de charité.

Pauvre M. Vincent! Pendant les désolations de la Fronde, il implorait aussi la paix des deux partis, comprenant peu de chose à toutes ces ruineuses intrigues. Mais, quand la guerre ravageait la Picardie et la Lorraine, il y courait, soignant les blessés, assistant les malades, ou il y envoyait ses missionnaires, les mains pleines d'aumônes. Un seul d'entre eux, en cinquante-trois voyages, porta près de quinze cent mille francs de sa part à la Lorraine aux abois.

Richesse infinie de la charité! Vincent n'avait rien à lui, il mendiait aux paysans un peu de pain noir dans ses voyages, et il trouvait des millions à donner aux autres. Il avait cette charité parfaite dont parle saint François de Sales, patiente, obstinée, douce et débonnaire. Et il l'avait acquise, cette angélique douceur, car il s'accusait lui-même d'avoir eu à vaincre un naturel dur et emporté. Il ne redoutait la pauvreté que pour les autres; car, pour lui et pour ses missionnaires, il la chérissait. « La pauvreté, disait-il, est le lien des communautés religieuses. »

Si ses frères en Dieu s'inquiétaient de ses prodigalités évangéliques, il leur répondait : « Le Seigneur n'a-t-il pas soin de nourrir les petits oiseaux qui ne sèment pas et ne font aucune moisson? Combien plus aurait-il la bonté de pourvoir à ses serviteurs? Vous voudriez avoir vos provisions toutes faites et les voir devant vous pour être assurés d'avoir tout à souhait. Dieu veuille avoir pitié du pauvre peuple!... Mais nous, combien de ressources n'avons-nous pas? »

Dieu a béni les efforts de cette charité *qui enfante,* comme a dit saint Augustin. Les siècles ont passé, et les institutions de saint Vincent de Paul sont demeurées inébranlables. On sait ce qu'est devenue cette œuvre des missions qui, de son temps déjà, envoyait par toute l'Europe, dans les Indes, au Japon, au Canada, des ouvriers apostoliques. Dès la première heure, il avait donné aux missionnaires des instructions qui n'ont été ni modifiées, ni dépassées depuis. Il leur disait : « Soyez unis ensemble, et Dieu vous bénira; mais que ce soit par la charité de Jésus-Christ, car toute autre union qui n'est pas cimentée par le sang de ce divin Sauveur, ne peut subsister. C'est donc en Jésus-Christ, par Jésus-Christ et pour Jésus-Christ que vous devez être unis les uns avec les autres. L'esprit de Jésus-Christ est un esprit d'union et de paix. Comment pourriez-vous attirer les âmes à Jésus-Christ, si vous n'étiez unis entre vous et avec lui-même? N'ayez donc qu'un même sentiment et une même volonté; autrement, ce serait faire comme les chevaux, lesquels, étant attelés à la charrue, tireraient, les uns d'un côté, les autres de l'autre; et ainsi ils gâteraient et briseraient tout. Dieu vous appelle pour travailler en sa vigne; allez-y, comme n'ayant en lui qu'un même cœur et une même intention; et, par ce moyen, vous en rapporterez du fruit. »

Il leur recommandait la simplicité, la modestie, la tolérance, et tout en lui prêchait d'exemple; car saint Vincent de Paul est le véritable prédicateur chrétien. Sa parole est simple et droite comme son âme. L'Église lui doit ces institutions célèbres, imaginées par lui pour relever l'état moral du clergé, les séminaires, les exercices pour les ordinants, les conférences ecclésiastiques et les retraites spirituelles.

Mais ce qui a fait de saint Vincent de Paul le saint national par excellence, ce sont ces deux créations immortelles : les Sœurs de la Charité, l'Hospice des Enfants trouvés. C'est une gloire toute française que cette congrégation d'humbles filles, que nous envie et que nous emprunte le monde entier, anges consolateurs de toutes les misères, dont la main panse et bénit, et qui n'ont, selon le vœu de leur saint fondateur, « pour monastère que les maisons des malades; pour cellule, que quelque pauvre chambre; pour cloître, que les rues de la ville; pour clôture, que l'obéissance; pour grille, que la crainte de Dieu, et pour voile, que la sainte modestie. »

A ces modestes et saintes filles, que le riche comme le pauvre, le soldat comme l'ouvrier, voient accourir à leur chevet pour adoucir les souffrances du corps et réconcilier l'âme avec Dieu, Vincent de Paul avait aussi tracé, dès le premier jour, des règles qui, aujourd'hui encore, sont l'immuable loi de leur admirable ministère.

« Elles considéreront, disait-il, qu'encore qu'elles ne soient pas dans une religion, cet état n'étant pas convenable aux emplois de leur vocation; néanmoins, parce qu'elles sont beaucoup plus exposées que les religieuses cloîtrées et grillées; pour toutes ces considérations, elles doivent avoir autant ou plus de vertu que si elles étaient professes dans un ordre religieux. »

On sait si les sœurs de charité ont respecté les prescriptions de leur pieux fondateur. Admirable stabilité des institutions vraiment chrétiennes, qui défie le temps et perpétue, à travers les convulsions de nos sociétés mobiles et changeantes, l'invariable loi de l'amour divin. Les trônes tombent, les rois passent et se succèdent; les humbles sœurs sont toujours ce que les avait faites le pauvre M. Vincent.

On aime à savoir ce que furent, dans ce monde qu'ils traversèrent comme des messagers du Dieu d'amour, ces hommes que la sainteté de leurs œuvres couronne après leur mort d'une auréole. Les moindres détails qui les rapprochent de l'humanité, nous plaisent et nous rassurent, en nous prouvant que ces héros de vertu furent aussi des hommes.

Abelly nous trace de Vincent de Paul le portrait suivant :

« Pour ce qui est du corps, M. Vincent était d'une taille moyenne et bien proportionnée. Il avait la tête un peu chauve et assez grosse, mais bien faite, par une juste proportion au reste du corps; le front large et majestueux; le visage ni trop plein, ni trop maigre. Son regard était doux, sa vue pénétrante, son ouïe subtile, son port grave et sa gravité bénigne, sa contenance simple et naïve, son abord fort affable, et son naturel grandement bon et aimable. Il était d'un tempérament bilieux et sanguin, et d'une complexion assez forte et robuste ; ce qui n'empêchait pourtant pas qu'il ne fût plus sensible qu'il ne semblait aux impressions de l'air, et ensuite fort sujet aux atteintes de la fièvre. »

Ce portrait ne brille pas, sans doute, par la vivacité du dessin, et le *moelleux* Abelly, comme l'appelait Boileau par une allusion plaisante au titre de son principal ouvrage, la *Moelle théologique*, n'a pas l'art de faire vivre une figure et de la peindre à l'esprit. Il est pourtant, dans cette esquisse un peu vulgaire, quelques traits que nous ne voudrions pas perdre, cette *contenance simple et naïve*, ce tempérament d'athlète chrétien, qui soutint pendant quatre-vingt-cinq ans saint Vincent de Paul dans les rudes épreuves et dans les saintes misères de sa vie.

Esclave, précepteur, curé de village, aumônier de forçats, principal de collége, chef de missions, il fut dans toutes les conditions le plus aimable, le plus modeste, mais aussi le plus inébranlable des ascètes. Dans cette vie si simple et si grande, vous ne pourriez surprendre la moindre faiblesse, la moindre défaillance. Doux à tous, dur à lui-même, il mendiait pour adoucir une douleur étrangère, et, dans la maison qu'il administrait, il se refusait un lit. Pendant plus de cinquante ans, il coucha sur la paille. Il mourut assis et vêtu, comme un vaillant soldat de la charité.

Le caractère principal de cette vertu sublime, celui aussi de ce visage qu'Abelly n'a pas su nous peindre, c'était la bonhomie. Vincent de Paul avait cette aimable laideur qui s'accorde avec les plus hautes qualités de l'âme humaine, qui les met à notre portée, qui les rend moins solennelles et moins écrasantes. Cette pointe de vulgarité nous rassure en ces éminentes vertus; les splendeurs de la beauté corporelle ne conviennent qu'au Sauveur honorant et relevant par son incarnation la forme de la créature.

La bonhomie peinte sur les traits du saint éclatait dans tous ses actes. Un jour, un paysan qu'il assistait le pria de lui envoyer un cent d'aiguilles de Paris; Vincent n'oublia pas cette commission bizarre, et en sortant du Louvre, il fit son emplette chez une mercière.

Allait-il chez la reine mère quand la cassette royale était vide, et cela arrivait souvent : — Il faut cependant, disait-il, que je rapporte quelque chose. Et Anne d'Autriche se laissait prendre en riant quelque bracelet ou quelques pendants d'oreilles qui ne tardaient guère à se changer en pain et en habits pour les pauvres.

On ne refusait rien à ce bonhomme, en qui les plus railleurs respectaient involontairement la vertu souveraine de l'Évangile, semblable en tout à ces premiers pasteurs de l'Église, « princes humbles, dit Bossuet, chefs de la parole et de la conduite. » Sa piété naïve s'emparait de ce monde si difficile à conquérir, et sa naïveté était la plus forte des prédications.

C'est aussi là le caractère de son éloquence; car tout se tient dans saint Vincent de Paul, et sa vie est un modèle admirable d'unité. Nous avons cité quelques traits de cette éloquence souveraine, plus forte et plus simple que celle des Fénelon et des Bossuet. L'évêque de Meaux ne s'y trompait pas : dans ce vieillard naïf et bonhomme, il avait reconnu son maître.

Lorsque, en 1633, Vincent de Paul institua ces conférences du mardi, destinées à remédier à l'ignorance et à la corruption des prêtres qui, disait-il, « ruinent et perdent l'Église, » Bossuet fut frappé des grandeurs de cette parole qui ne se cherchait pas.

« Il se trouvait souvent, rapporte-t-il, à ces conférences, des évêques du premier mérite; tous étaient enchantés de la noble simplicité de ses discours; ils avouaient qu'on trouvait en lui ce ministre rare, qui, selon l'expression de l'apôtre saint Pierre, parle de Dieu d'une manière si sage, si relevée, que Dieu même semble s'expliquer par sa bouche. »

Le cardinal de Richelieu voulut aussi savoir ce que c'était que ce prêtre qui exerçait sur l'Église un si singulier empire. Il le fit venir, l'entendit, et dit, en le quittant, à la duchesse d'Aiguillon, sa nièce :

« J'avais déjà une grande idée de M. Vincent; mais je le regarde comme un tout autre homme, depuis le dernier entretien que j'ai eu avec lui. »

Ces conférences du mardi devinrent une pépinière d'évêques.

Ce qui faisait la force singulière de cette âme et de cette parole, c'était leur sincérité infinie, leur droiture. Vincent allait, comme il le dit lui-même, « droit à Dieu, sans biaisement et sans aucune vue de propre intérêt ni de respect humain. » Les exemples ne manqueraient pas, dans la vie du saint, de l'influence étonnante qu'il exerçait sur les âmes les plus rebelles.

Comme Richelieu, mais pour d'autres motifs, Vincent de Paul avait déclaré la guerre à la funeste manie des duels, qui prélevait une dîme de sang sur la noblesse de France. Sa première conversion fut celle d'un gentilhomme de Savoie, le comte de Rougemont, « franc éclaircisseur et grand duelliste. » Touché des représentations du saint homme, ce batailleur tira son épée et la brisa sur une pierre.

Le comte de Joigny, Emmanuel de Gondi, allait se battre. Suivant l'usage du temps, il avait voulu entendre la messe avant que d'exposer sa vie dans un combat singulier. Vincent, averti, descendit de l'autel et lui adressa ces simples paroles : « Souffrez, monsieur, que je vous dise, en toute humilité, un mot. Je sais de bonne part que vous avez dessein d'aller vous battre en duel; mais je vous déclare, de la part de mon Sauveur que je vous ai montré maintenant et que vous venez d'adorer, que, si vous ne quittez ce mauvais dessein, il exercera sa justice sur vous et sur toute votre postérité. » Puis il embrassa ses genoux, pria, pleura, et trouva dans son ardente charité assez de force pour l'emporter sur le point d'honneur.

Un autre fameux duelliste du temps, le marquis de La Mothe Fénelon, devint le fervent disciple du prêtre pacificateur, et le siècle de Louis XIV eut, grâce à Vincent de Paul, ses *Amis de la paix*. La maison du roi et celle du duc d'Orléans s'affilièrent à cette confrérie de chrétiens et, sur cet exemple descendu de si haut, la fureur des duels se calma. Les États de Languedoc et de Bretagne allèrent jusqu'à priver des droits de séance dans leurs assemblées, les gentilshommes duellistes.

Ainsi, ce que n'avaient pu faire les édits et la hache du bourreau, la simple parole de Vincent de Paul réussissait à l'accomplir.

L'humble saint n'a pu être bien loué par des écrivains pompeux et emphatiques; la grâce particulière et la force de cette âme devaient leur échapper. « Homme, dit le cardinal Maury, d'une sublime vertu et, jusqu'à nos jours, d'une chétive renommée; le meilleur citoyen que la France ait eu est l'apôtre de l'humanité. » Ce mot de *citoyen* détonne en pareil sujet, et, quant à l'obscurité prétendue de Vincent de Paul, si le cardinal avait mieux écouté les échos populaires, il n'eût pas écrit une semblable hérésie. Jamais saint ne fut plus vraiment dans le cœur du peuple que saint Vincent de Paul; la reconnaissance des mères et l'institution des Sœurs de Charité lui ont assuré depuis longtemps cette gloire humaine qu'il ne chercha jamais.

Quand Vincent de Paul eut accompli toutes ces grandes choses, il s'endormit dans le Seigneur, le 27 septembre 1660, âgé de 85 ans. L'épiscopat de France, et, à sa tête, les Bossuet, les Fénelon, les Fléchier; les Églises de Pologne, d'Italie, d'Espagne et d'Irlande; des rois, Louis XIV, Louis XV, Jacques II d'Angleterre; la République de Gênes, et jusqu'à de vertueux magistrats comme Lamoignon, ou d'illustres savants comme Antoine de Jussieu, implorèrent sa canonisation du saint-siége. Il n'avait pas fait de miracles, si ce n'en est pas un que cette vertu surhumaine. Ce vertueux magistrat, le premier président Chrétien-François de Lamoignon, vieil ami de Vincent, écrivit au chef de l'Église : « Il ne faut pas de plus grands miracles pour permettre d'invoquer M. Vincent comme un saint, que les immenses charités qu'il a procurées par ses prières, et qu'il a répandues dans tous les lieux du monde où il a connu des malheureux. » Après une longue enquête, il fut béatifié par le pape Benoît XIII, le 14 août 1729, et enfin canonisé par le pape Clément XII, le 16 juin 1737.

C'est le 19 juillet que l'Église célèbre la fête de cet homme illustre, qui mérita d'être appelé : l'*Intendant de la Providence*.

Armand Fouquier.

SOUVENIRS DU SPIELBERG

Le Spielberg.

Le 1er juillet 1857, nous arrivâmes à Olmütz, M. Desgranges, sa nièce Clara et moi, et nous y trouvâmes un vieil ami de mon père, que j'y savais établi : M. François Urner, chef d'une famille de réfugiés de l'édit de Nantes, qui avait perdu jusqu'à son nom dans l'émigration. Le premier des Urner, qui s'était fixé à Olmütz, avait d'abord habité quelque temps la Suisse et le canton d'Uri. Là, on l'avait désigné sous le nom du Français; plus tard, en Allemagne, il n'avait été connu que sous le nom du Français d'Uri ou de François Urner, et ces noms nouveaux étaient devenus ceux de la famille.

Le bon Urner, qui me connaissait déjà, nous reçut à bras ouverts, moi et mes compagnons de voyage, et, quand nous quittâmes Olmütz pour gagner Brünn, capitale de la Moravie autrichienne, il imagina je ne sais quelle affaire qui l'appelait impérieusement à Brünn.

Il va sans dire que nous allions visiter, avant de quitter l'Autriche, la plaine de Slawkow, que l'histoire a immortalisée sous le nom d'Austerlitz.

Mais à peine étions-nous installés à Brünn, dans l'auberge des Trois Rois, que Clara décida que nous verrions d'abord le Spielberg. La charmante enfant avait sa jeune tête tout échauffée des terribles histoires de prisonniers qu'on lui avait racontées en Italie, et, bien que le Spielberg ne contînt plus un seul prisonnier politique, les vieilles murailles de la forteresse lui promettaient des émotions plus intéressantes que le théâtre d'une victoire de Napoléon.

Ce n'est pas chose facile que de visiter une prison autrichienne ; mais Urner aplanit les difficultés et nous eûmes le permis. En un quart d'heure, nous étions au Spielberg.

Le Spielberg est bâti au pied de Brünn, sur une hauteur isolée que je comparerai tout prosaïquement à Montmartre. Je me fis une querelle sérieuse avec Clara pour cette comparaison profane.

Ce fut là, autrefois, une citadelle de premier ordre. Les Français, en 1809, en firent sauter les bastions; on n'a depuis relevé qu'une partie de l'enceinte, et la citadelle est devenue prison.

Un gardien du nom de Schwartz fut chargé de nous conduire et de nous montrer en détail les bâtiments. Le surintendant était à Vienne en ce moment.

Schwartz, c'est-à-dire *le Noir*, un grand garçon aux yeux bleu pâle et aux cheveux blond-filasse, nous promena d'étage en étage jusqu'à une esplanade d'où se déployait une admirable perspective. A l'horizon, des collines boisées, superposées en pente douce; sous nos pieds, une vaste prairie où miroitait un petit cours d'eau; à droite, Brünn avec tous ses clochers pointus; à gauche, au bas des collines, un étang près duquel se cache le petit village d'Obrovitz. Un grand ruban blanc s'étend à côté : c'est la route de Bohême. A droite de la route, des plaines à perte de vue, les plaines d'Austerlitz.

Vers les dernières maisons du faubourg, Clara désigna du doigt un vaste enclos planté d'arbres maigres et rayé de pierres blanches. — Qu'est-ce que cela? dit-elle au gardien. — *Der Gottes acher* (le Champ de Dieu), répondit Schwartz.

— C'est le cimetière du Spielberg, dit Urner.

— Ainsi, dit Clara, c'est là que dorment, du sommeil éternel, Oroboni et Villa, ces deux pauvres martyrs.

— Petite fille, dit M. Urner, voilà un bien gros mot. Qu'avaient donc fait ces hommes pour être enfermés dans cette terrible prison?

— Ils avaient conspiré contre l'Autriche, dit Clara.

— Et l'Autriche se défendait. Reste à chicaner sur la manière dont elle entendait la défense. Quant à moi, qui ne me mêle pas de juger de ces choses-là, je sais seulement que si ces prisonniers-là furent coupables, ils rachetèrent leurs fautes par une résignation chrétienne qui a été leur véritable gloire. Le plus illustre d'entre eux, Silvio Pellico, âme tendre et sublime, a raconté ses souffrances en chrétien, sans un mot de vengeance ou de haine. Et il s'est trouvé que ce simple récit, tout imprégné de la morale évangélique, était un titre plus sérieux à l'admiration de la postérité que les vers sonores de sa *Françoise de Rimini*, ou les patriotiques folies de sa jeunesse.

Avez-vous entendu parler de Silvio Pellico, dit M. Urner à Schwartz?

— Assurément, Monsieur, dit le gardien. J'avais huit ans quand il est sorti d'ici. Je vous montrerai sa chambre.

— Ah! le brave homme, dit Clara, en sautant de joie. Demandez-lui donc, Monsieur Urner, comment était Pellico, s'il s'en souvient.

— Assurément, je m'en souviens, répondit Schwartz. Un bien bon monsieur, tout maigre et pâle, qui portait des lunettes et qui avait joué la comédie en Italie.

Nous sourîmes de ce portrait et je me rappelai cet autre portrait de Silvio, par son compagnon de captivité, Andryane :

« Jamais figure plus douce, plus mélancolique ne s'était offerte à mes regards ; jamais visage n'avait mieux répondu à cette image de candeur et d'angélique bonté que je m'étais formée de celui dont les lettres révélaient à chaque ligne les adorables qualités... Ce front si pâle et si pur dans ses nobles proportions, ces yeux si pleins de tendresse et d'inspiration, cette bouche au fin sourire, d'où ne sortaient jamais que des paroles de tolérance et d'amour... »

Cette bonté, cet amour l'ont soutenu dans toutes ses épreuves. Sur le chemin du Spielberg, une voiture qui suit celle des condamnés, un mouchoir qui s'agite pour un dernier adieu, l'exclamation compatissante des Allemands qui voient passer ces *pauvres messieurs* (*arme herren*), tout cela le touche et le réconforte.

« Oh! s'écrie-t-il, comme je leur étais reconnaissant à tous! Oh! combien est douce la pitié de nos semblables, et qu'il est doux de les aimer. »

Ses ennemis même, ceux qui venaient de le condamner à quinze ans de souffrances terribles, il les voyait à travers cette ardente charité.

« Qui sait? pensait-il, si j'avais vu de près leurs visages, et qu'ils eussent vu le mien ; si j'avais pu lire dans leurs âmes, et eux dans la mienne, peut-être aurais-je été forcé de convenir qu'il n'y avait en eux aucune scélératesse, comme eux qu'ils n'en voyaient aucune en moi. Qui sait si alors il n'eût pas fallu nous plaindre mutuellement et nous aimer? Trop souvent, hélas! les hommes se haïssent parce qu'ils ne se connaissent pas les uns les autres. »

— Ce ne sont pas là seulement des paroles, dit M. Desgranges, ce furent aussi des actions. L'âme de Silvio Pellico semble s'être répandue sur cette sévère prison du Spielberg, qu'elle illumine de lumière et d'amour. Vous rappelez-vous ce gardien Schiller, ce vieux caporal bourru, qui devint pour les condamnés comme une seconde Providence?

— Je suis méchant, Monsieur, dit-il tout d'abord à Pellico; on m'a fait prêter un serment auquel jamais je ne manquerai... L'Empereur sait ce qu'il fait, et mon devoir est de lui obéir.

— Vous êtes un brave homme, répondit le prisonnier, et je respecterai ce que vous regardez comme un devoir de conscience. Celui qui agit dans la sincérité de sa conscience peut se tromper, mais il est pur devant Dieu.

— Pauvre Monsieur, prenez patience, reprend ce gardien farouche. Et il supplie Silvio d'être calme, de ne pas entrer en fureur, comme les autres condamnés, de ne pas le contraindre à le traiter durement.

Et tous, directeur, gardiens, soldats, se montrent tour à tour dans le récit de Pellico, doux, humains, pitoyables. Ceux qui aggravent les tortures des condamnés ne sont que des formalistes, incapables d'interpréter un mot d'ordre.

C'est ainsi que ce pauvre Silvio faillit un jour perdre ses lunettes. Ses lunettes, c'est-à-dire la vue!

Le directeur général de la police, étant venu faire une visite au Spielberg, aperçoit ces malheureuses lunettes. C'est une irrégularité; le règlement n'autorise rien de semblable. Et on met les lunettes sous le séquestre.

— Ah! Monsieur, dit doucement le pauvre Silvio, vous allez plus loin que l'Empereur; l'Empereur m'a condamné à la prison dure (*carcere duro*), mais non à la cécité. Mon Dieu! une de mes plus grandes consolations était de voir le soleil... je me croyais en Italie..... Maintenant je ne le verrai plus. »

Le comte Mitrowski, gouverneur des provinces de Moravie et de Silésie, fut ému de ces plaintes. Il avait aussi des lunettes, qu'il ne quittait jamais. Il y porta involontairement la main, les ôta, et épouvanté de la nuit dans laquelle il se trouvait plongé, il comprit le chagrin de Silvio, et fit un mouvement comme pour dire: « Acceptez celles-ci. » Silvio serra la main à cet excellent homme et refusa.

Le lendemain, un ordre de l'empereur d'Autriche faisait rendre les lunettes à Silvio.

Nous étions cependant entrés dans la chambre où le poëte moraliste habitait avec Pierre Maroncelli. Cette chambre était grande et composée de deux chambres réunies. Dans le second compartiment avaient vécu les deux hôtes du Champ de Dieu, Oroboni et Villa.

— Dans cette autre chambre, dit Schwartz, il y avait un grand Italien à cheveux blancs, que tout le monde aimait et respectait; et un Français.

— Andryane et Confalonieri sans doute, dit Clara. Pauvre Confalonieri, quelle triste histoire que la sienne! et quel touchant dévouement que celui de sa femme, de la comtesse Teresa!

Vous rappelez-vous, cher oncle, les héroïques efforts de cette noble femme pour sauver son époux? Confalonieri et Andryane venaient d'être condamnés à mort. L'ordre d'exécution avait été envoyé de Vienne par un courrier, qui déjà galopait sur la route du Tyrol.

Teresa Casati, à moitié folle de désespoir, alla se jeter aux pieds de l'Empereur. Elle ne put rien obtenir. Elle raconte ainsi elle-même la démarche suprême qui lui valut la commutation de peine du comte :

« Le seul espoir qui me restait était dans la bonté si connue de l'Impératrice. Combien j'avais raison de m'y confier, puisqu'elle me reçut à onze heures du soir, lorsque, retirée dans ses petits appartements, elle était déjà prête à se mettre au lit. Mes traits bouleversés, les sanglots qui s'échappaient de ma poitrine et qui me permettaient à peine de m'exprimer, lui en dirent bien plus que les paroles les plus éloquentes et trouvèrent le chemin de son cœur. Comme une tendre amie, elle me prit dans ses bras, essuya elle-même les larmes qui baignaient mon visage... Et lorsque l'excès de ma douleur m'eût fait tomber évanouie près d'elle, ses soins me rappelèrent à la vie!..

« Espérez encore, me dit-elle, espérez, pauvre « infortunée, je vais tout tenter afin d'émouvoir « le cœur de l'Empereur et obtenir un sursis; il ne « résistera pas, je l'espère, à l'ardeur de mes « prières, et si je réussis dans ce premier bonheur, « reprenez courage; mettez votre confiance en « Dieu et dans l'affection que je vous porte. »

Teresa Casati eut confiance dans ces paroles; et elle eut raison. Quelques heures après un autre courrier partait, emportant un contre-ordre. Mais il fallait devancer le premier, celui qui portait la mort.

« Pénétrée jusqu'au fond de l'âme de la bonté de l'Impératrice, je la quittai pour monter en voiture avec mon beau-père et mon frère; car, perdre une seule minute eût été prendre sur ma vie. Mais la neige et la glace obstruaient les chemins; le dégel commençait et amenait un épais brouillard qui permettait à peine de suivre la trace de la route; la brièveté des jours, le passage des Alpes du Tyrol, tout retardait ma marche et me faisait désirer à chaque instant de franchir la distance à cheval, tant il me semblait que l'excès de mes désirs et de mon amour centuplerait mes forces et me rendrait capable de tout.

« Puis, la réflexion m'enchaîna dans ma voiture; car si un accident me rendait incapable de poursuivre, si, retenue quelques heures par un malheur plus fort que ma volonté, je retardais mon arrivée à Milan, et *qu'il ne fût plus temps!*... Fatale pensée que je repoussais parce qu'elle m'aurait rendue folle et que mon Frédéric pouvait encore avoir besoin de moi!...

« Quand je pensais qu'une roue brisée, une chute dans l'un des précipices qui nous environnaient et qu'il était si dangereux d'affronter par une nuit obscure, pouvaient anéantir ce qu'il me restait d'espérance, il me prenait une sorte de vertige, un désespoir de mon impuissance, qui est une des plus grandes douleurs qui puissent déchirer le cœur. »

La noble femme arriva à temps. Dieu permit que le courrier qui la précédait fût retenu pendant dix heures, par un accident, dans les montagnes du Tyrol.

Tout en causant, nous étions arrivés à l'entrée des casemates. A la vue de ces sombres voûtes, ruisselantes et glaciales, Clara recula.

— Est-ce possible, s'écria-t-elle, que jamais être humain ait vécu dans cet enfer?

— Ce trou-là, dit Schwartz, c'est le trou du lièvre noir.

Un jour, il y a bien longtemps de cela, c'était je pense du temps de mon grand-père, il arriva au Spielberg un chariot dont chaque cahot sonnait le fer. Douze soldats, le fusil au poing, l'escortaient et ne perdaient pas de vue une sorte de grand paquet noir lié avec des chaînes sur les traverses.

Ce paquet, c'était un géant de plus de six pieds de haut, tout noir de figure et cicatrisé d'une façon effrayante. Ce grand fantôme noir avait l'air de sortir de la chaudière du diable.

On le descendit, on le mit sur ses pieds, et un guichetier s'approcha de lui. Le fantôme noir

Un mouchoir qui s'agite... (p. 10.)

étendit la main, serra le cou du pauvre homme et l'étrangla comme un poulet.

On se mit à dix, et on porta le prisonnier dans ce trou que vous voyez : c'était le plus profond du Spielberg; l'hiver, l'eau y montait de plusieurs pouces. Personne n'osait y entrer, et on jetait le pain noir par un soupirail à cette espèce de bête féroce, qui passait son temps à rugir et blasphémer.

Un matin, on ne l'entendit plus : on se hasarda à regarder. Le grand fantôme noir était étendu sur la dalle. Ses fers étaient brisés; mais tout son corps était roussi, ses poignets noircis, ses yeux sortis de leurs orbites; le cachot puait le soufre. Bien sûr, le diable était venu se battre avec le prisonnier, et avait emporté son âme.

Depuis ce jour, chaque fois qu'un scélérat doit mourir au Spielberg, on voit passer un grand lièvre noir, qui n'est autre chose que l'âme du prisonnier.

— Ce lièvre noir, dit en souriant Urner, ne doit être autre que le fameux baron François de Trenck, chef de cette milice indisciplinée qu'on appelait les pandours sous Marie-Thérèse d'Autriche.

— Il y a bien aussi, ajouta Schwartz, le lièvre blanc du Spielberg; mais celui-là ne se montre que lorsqu'un honnête homme doit rendre son âme à Dieu; et, voyez-vous, c'est assez rare. La dernière de ses apparitions remonte à la mort du dernier des prisonniers italiens enfermés dans le champ de Dieu.

— Oroboni, dit M. Desgranges; il est mort en

chrétien. Lui et Silvio Pellico aimaient à parler ensemble du Dieu qui récompense et qui pardonne. Jamais, je pense, une prison aussi triste n'offrit un plus admirable spectacle que celui de ces deux hommes trouvant dans la résignation un adoucissement à leurs souffrances, élevant et purifiant leurs âmes dans cette atmosphère des cachots qui, d'ordinaire, les corrompt et les dégrade.

Le jour où mourut Oroboni, le 13 juin 1823, sa dernière douleur fut la pensée de son père octogénaire; il s'attendrit et pleura. Mais bientôt, retrouvant l'énergie du chrétien que soutient l'éternelle espérance : « Pourquoi pleurer le plus heureux des miens, puisqu'il est à la veille de me rejoindre dans la paix qui ne finit pas. »

L'abbé Fortini, son compagnon de captivité, lui

Silvio Pellico.

donna les derniers secours de la religion. Le seul regret d'Oroboni, c'était de mourir loin de sa patrie, et l'idée d'être enseveli dans ce froid cimetière le faisait frissonner. « Il me semble, disait-il, qu'on ne doit pas être aussi bien là que dans notre chère Italie. »

Ses dernières paroles furent celles-ci : « Je pardonne de bon cœur à tous mes ennemis. »

Cette mort si belle est surpassée peut-être par le simple et touchant courage qu'eut à déployer Maroncelli. Ouvrons ce livre, Clara, et voyons comment Silvio Pellico le raconte.

B.

(La suite à une prochaine livraison.)

LES CENTENAIRES CÉLÈBRES

Buffon s'est inquiété plus que de raison de la différence de durée que présente la vie humaine, dans les temps anciens et dans les temps modernes. Est-il vrai que l'homme vive moins longtemps aujourd'hui que dans ces premiers siècles où la terre sortait des mains de Dieu? L'air aurait-il perdu quelque vertu secrète, et la nature encore vierge donnait-elle aux créatures des anciens âges un sang plus vif, une force plus durable?

On serait tenté de le croire en lisant dans la Bible que Sarug mourut à 230 ans; Reü, fils de Phaleg, à 239; Phaleg, fils d'Heber, à 239; Arphaxad, fils de Sem, à 338; Hénoch, fils de Jared, à 365.

Sem, fils de Noé, dit le saint livre, vécut 600 ans; Lameth, fils de Mathusalem, 777 ans; Mathusalem, lui-même, 969 ans.

Mais ce que ne savait pas Buffon, c'est qu'avant les temps d'Abraham, l'année n'était que l'équivalent d'une saison, ce qui réduit au quart ces additions formidables.

On trouvera peut-être que si les 230 ans de Sarug s'expliquent ainsi très-raisonnablement par 58, les 969 ans de Mathusalem donnent encore un total assez étonnant de 242. Nous répondons qu'ainsi réduits, ces chiffres n'ont plus rien que de fort ordinaire, et nous le prouverons facilement en passant en revue les exemples de longévité que nous fournit l'histoire.

Les simples centenaires, ceux qui n'ont accompli qu'un siècle, ne sauraient nous arrêter. C'est à partir de 120 ans, limite normale de la vie humaine selon quelques écrivains optimistes, que nous prendrons nos exemples.

Commençons par le législateur des Hébreux, Moïse, qui, dit le Deutéronome, avait 120 ans quand il fut enseveli dans la vallée du pays de Moab. « Sa vue ne baissa point pendant tout ce temps, et ses dents ne furent point ébranlées. »

Simon, fils de Cléophas et de Marie, sœur de la Vierge, cousin-germain de Notre-Seigneur Jésus-Christ et évêque de Jérusalem, fut crucifié sous Trajan, à l'âge de 120 ans.

C'est encore à cet âge qu'atteignirent Piast, roi de Pologne; le savant Abou-Beker-Mohammed-Rhasès, médecin persan; Averrhoès, philosophe et médecin arabe du XIe siècle. L'Italien Mandinelli, qui mourut à Toulouse en 1565, fut inhumé dans l'église des Jacobins, et on plaça sur son tombeau l'épitaphe suivante :

« Arrêtez-vous un moment, passant, et lisez ce qui suit : Ci-gît Mandinelli, qui a vécu 120 ans; il en avait passé 70 avec sa femme, dont il avait eu 24 enfants. Voilà ce que je voulais vous apprendre, crainte que vous l'ignoriez. Continuez votre route, et priez. »

Mais dépassons la limite prétendue de la longévité humaine, les noms ne nous manqueront pas.

En 1554, le cardinal d'Armagnac aperçut, sur la porte d'une pauvre maison, un vieillard qui pleurait. Il lui demanda la cause de ses larmes. « C'est, dit celui-ci, que mon père m'a battu pour être passé devant mon grand-père sans le saluer. » Le père avait 103 ans, le grand-père 123; quant à ce *jeune homme*, coupable d'irrévérence, il n'avait que 81 ans.

Le voyageur qui traverse les riches contrées du centre de la France, a pu voir, sur les bords de la Loire et du Loir, ces singulières habitations creusées dans le tuf et superposées par étages. Dans une de ces cavernes, vivait, en 1760, un homme âgé de 124 ans, Denis Guignard, paysan de Luché, près de La Flèche. La duchesse de Brancas lui faisait une petite pension d'une livre de pain et d'une bouteille de vin par jour. A 118 ans, il sciait encore toute la paille de son blé. Né le 24 mai 1636, il mourut le 22 mars 1760.

Georges Kirton, du comté d'York, en Angleterre, grand chasseur au renard, se livrait encore à 100 ans à sa passion favorite. Il mourut à 125 ans.

Le 23 octobre 1789, on annonça à l'Assemblée nationale qu'un vieillard du Jura, âgé de 120 ans, désirait être admis à la barre. « Je demande, s'écria l'abbé Grégoire, qu'à raison du respect qu'a toujours inspiré la vieillesse, l'Assemblée se lève lorsque cet étonnant vieillard entrera. »

Le vieillard est introduit; tous les fronts se découvrent et l'Assemblée entière se lève. Charles-Jacques, dit Jacob, c'est le nom du centenaire, s'avance, soutenu par ses enfants et petits-enfants. On le fait placer dans un fauteuil et il remet son extrait baptistaire. Il est né à Saint-Sorbier, le 10 octobre 1669. Un membre demande que l'auguste vieillard soit reçu et servi dans l'école patriotique par les enfants dont les pères ont été tués à l'attaque de la Bastille.

« Faites pour ce vieillard ce que vous voudrez, dit Mirabeau, mais laissez-le libre. »

L'Assemblée nationale vota au centenaire du Jura une contribution patriotique. Jacob s'éteignit dans ses montagnes, âgé de 125 ans.

Élisabeth Durieux fut plus extraordinaire encore. Elle était née en Savoie, en 1713. Mariée deux fois, elle avait passé une partie de sa vie sous les habits d'homme, en qualité de courrier d'un prince milanais. En 1841, elle vivait encore; on ignore l'époque de sa mort. Cette bonne vieille était du caractère le plus aimable. Elle prenait jusqu'à quarante tasses de café par jour. Ce *poison lent* lui avait, comme on voit, encore mieux réussi qu'à Voltaire.

Ce n'est rien encore, à côté de Jean King, du comté d'Oxford, en Angleterre, qui atteignit jusqu'à 130 ans. A cet âge, il marchait encore, appuyé sur deux bâtons; car, par une coquetterie de vieillard, il ne voulait pas se servir de béquilles.

Mais qu'est-ce que tout cela, auprès du chirurgien Politiman, né en 1685, et mort en 1825. La veille de sa mort, à Vaudemont, en Lorraine, il avait pratiqué avec dextérité une opération difficile.

Politiman, lui-même, n'était qu'un enfant à côté du célèbre Thomas Parr.

Parr, laboureur d'Alberbury, dans le comté de Shroshire, en Angleterre, mourut, *par sa faute*, le 24 novembre 1651. Il était né en l'an 1483; comptez et vous trouverez bien 168 ans. Après avoir vécu si longtemps de la vie sobre et dure du paysan, il succomba au changement d'air et de nourriture, pour avoir accepté l'hospitalité que lui offrait un opulent seigneur de Londres. Harvey, l'illustre anatomiste qui découvrit la circulation du sang, trouva son corps si sain dans tous ses organes que, sans son imprudence, Parr eût sans doute encore traversé de nombreuses années. Cet homme étonnant avait vécu sous dix règnes, d'Édouard IV à Charles Ier. Son âge lui a valu l'honneur d'être inhumé à Westminster, dernier asile des rois et des grands hommes de l'Angleterre.

Et maintenant, faut-il s'étonner beaucoup d'Abraham vivant jusqu'à 175 ans, d'Isaac atteignant 180 ans, et de Sara, sa mère, mourant à 125 ans? Faut-il douter et invoquer les différences de longueur dans l'année d'alors et dans celle d'aujourd'hui?

Voici une famille allemande du XVIIIe siècle, qui ne le cède guère à la famille du patriarche de Chaldée.

En 1725, Charles VI, empereur d'Allemagne, fit faire le portrait de Sara Dessen, femme de Jean Rowir. Cette autre Sara avait alors 149 ans, comme le prouve l'abrégé de sa vie placé dans la bibliothèque du prince Charles. Elle ne mourut qu'en 1740, âgée de 164 ans. Son mari, Jean Rowir, avait alors 172 ans; les deux époux étaient dans la 147e année de leur mariage et s'apprêtaient à célébrer, pour la troisième fois, la cinquantaine. L'aîné de leurs enfants comptait 115 ans.

Nous n'avons admis jusqu'ici, dans cette curieuse liste, que les centenaires dont l'âge a pu être légalement constaté. Jean de Baldecq peut y prendre place encore, ainsi que Pierre Zortan. Ce dernier, paysan hongrois du banat de Temeswar, dont le portrait en pied s'est vu longtemps à Bruxelles, était né en 1539. Il mourut le 5 janvier 1824, âgé de 185 ans. Il avait vu changer deux fois le milésime séculaire.

Jean de Baldecq, chanoine et doyen du chapitre de Kilchberg, dans le canton de Lucerne, en Suisse, fut enterré dans l'abbaye de Saint-Michel, en 1348. Un plaisant a traduit ainsi l'épitaphe latine de son tombeau :

Ci-gît qui vécut 176 ans.
La beauté!
De Kilchberg doyen regretté.
La rareté!
Renoircit, repoussa des dents.
La curiosité!

Arrêtons-nous, s'il vous plaît, aux 186 ans du doyen de Kilchberg, si nous ne voulons pas tomber dans la fable.

Nous ne parlerons donc que pour mémoire du vieillard indien présenté à Acutia en 1535. Cet homme disait avoir 335 ans; il avait changé trois fois de dents, et trois fois sa barbe était redevenue noire. Laissons aussi de côté Jean des Temps, soldat de Charlemagne, que Fulgosius fait mourir en 1146, âgé de 420 ans. J'aime autant croire aux six siècles du devin Tirésias, ou aux neuf siècles de cet Italien dont parle Roger Bacon, qui s'était conservé au moyen d'un esprit de longue vie, l'or potable sans doute.

L'armée innombrable des véritables centenaires suffit à inspirer à l'homme des réflexions sérieuses.

« Rien ne nous empêche, dit un savant sérieux, M. le docteur Huferand, de considérer le terme le plus reculé que nous offrent les exemples connus de longévité, comme formant l'extrême limite de la vie humaine, ou l'idéal de sa perfection, comme un modèle enfin de ce dont la nature de l'homme est capable dans des circonstances favorables. Or, l'expérience atteste qu'on peut encore aujourd'hui vivre jusqu'à 150 et 160 ans.... Il n'y a donc rien d'invraisemblable à dire que l'organisation et la force vitale de l'homme peuvent, l'une durer, et l'autre agir pendant deux siècles. »

Voilà certes qui est rassurant. M. Flourens, le savant secrétaire perpétuel de l'Académie des sciences, partage cette opinion consolante, et regarde volontiers les sexagénaires comme des jeunes gens qui entrent dans la vie.

Et cependant, la moyenne de la vie humaine, qui n'était, au siècle dernier, que de 22 ans, ne s'est élevée qu'à 36 ou 38 ans au milieu du XIXe siècle. Pourquoi donc ne vivons-nous pas tous jusqu'à cent ans? Que faut-il faire pour atteindre la limite possible assignée à notre existence?

Ce sont là des questions curieuses et que nous étudierons bientôt. Qui ne voudrait connaître *le secret pour vivre longtemps?* E. Brisset.

LE VRAI COURAGE

Qu'est-ce que le courage et n'y en a-t-il que d'une espèce?

Il y a le courage de tempérament : c'est celui du héros, celui d'un Ney, soutenant tout seul la retraite de Russie. Celui-là exige un corps de fer; la fièvre y fait brèche et une médecine en a raison. « J'ai été brave un tel jour, » disait Turenne, qui s'y connaissait; ce héros savait qu'il est des heures pour la bravoure du champ de bataille.

Il y a le courage de l'habitude : ce soldat qui reste, l'arme au pied, sous une grêle de boulets, a eu peur le premier jour; *il s'y est fait*, le second; il n'y pense plus, le troisième.

Il y a le courage de la fièvre, de la surexcitation, du désespoir. Il y a même le courage du poltron.

Mais dans tous ces courages manque ce qui fait le courage véritable, celui que les Romains appelaient du même nom que la vertu. Qu'y faut-il donc? J'y veux la réflexion, le sentiment du devoir, le sacrifice.

L'horrible attentat du 14 janvier 1858, contre l'Empereur et l'Impératrice des Français, a mis en lumière plusieurs traits de courage véritable.

Quelques minutes après l'explosion des bombes homicides, l'officier commandant l'escorte de lanciers, avait rallié ses hommes. — Y a-t-il quelqu'un

de blessé? demanda-t-il. Moi, répondit un des hommes; et il chancelle et s'évanouit. Cette agonie sous les armes, est-ce le courage brutal, le courage machinal, de tempérament, de fièvre ou d'habitude? Non, c'est la force d'âme qu'inspire le devoir, c'est le sentiment de la consigne.

Le garde de Paris Henrion est couché sur son lit de douleur; on vient d'extraire de ses plaies nombreuses les fragments de l'arme infernale. Il est épuisé de fatigue, quand un roulement se fait entendre. On bat aux champs: c'est l'Empereur. Accompagné de l'Impératrice, il s'avance vers le lit du blessé, et lui présente la récompense, la croix d'honneur. Henrion fait un effort sur lui-même, s'arrache par la volonté à cette prostration qui annonce la mort, se lève sur son séant et crie : Vive l'Empereur!

Enfin, suivez-moi sur le théâtre même de l'attentat. Dans un café voisin, ont été portées les premières victimes. Une mère, dont le poignet est ensanglanté par une blessure légère, y réclame avec anxiété les soins d'un chirurgien pour son enfant, blessé à la tête. L'enfant pansé, le chirurgien veut panser la blessure de la mère. — Dépêchez-vous, car le cœur me manque, dit-elle. — Mais ce n'est qu'une égratignure. La vaillante femme entr'ouvre sa robe : elle avait la poitrine trouée par un éclat de bombe.

Voilà le vrai courage, celui du sacrifice.

S.

GALERIE DES HOMMES UTILES — VAUBAN

Il aidait de sa bourse officiers et soldats (p. 20.)

Qui ne se rappelle cette petite scène de voyage racontée par J.-J. Rousseau?

C'était en 1732. Las et mourant de soif, Rousseau errait dans les environs de Lyon. Il avise une chaumière d'assez triste apparence, et pensant qu'il y pourra trouver la facile et riche hospitalité de la Suisse, il y entre. A sa demande de dîner en payant, le paysan lui apporte du lait écrémé et du gros pain d'orge, en disant que c'était tout ce qu'il avait.

« Je buvais, dit Rousseau, ce lait avec délices, et je mangeais ce pain, paille et tout; mais cela n'était pas fort restaurant pour un homme épuisé de fatigue. Ce paysan, qui m'examinait, jugea de la vérité de mon histoire par celle de mon appétit. Tout de suite, après avoir dit qu'il voyait bien que j'étais un bon jeune homme qui n'était pas là pour le vendre, il ouvrit une petite trappe à côté de la cuisine, descendit, et revint un moment après avec un bon pain bis de pur froment, un jambon très-appétissant, quoique entamé, et une bouteille de vin, dont l'aspect me réjouit le cœur plus que tout le reste. On joignit à cela une omelette assez épaisse, et je fis un dîner tel qu'autre qu'un piéton n'en connut jamais.

« Quand ce vint à payer, voilà son inquiétude et ses craintes qui le reprennent ; il ne voulait pas de mon argent ; il le repoussait avec un trouble extraordinaire ; et, ce qu'il y avait de plaisant, c'était que je ne pouvais imaginer de quoi il avait peur. Enfin, il prononça en frémissant ces mots terribles de *commis*, de *rats-de-cave ;* il me fit entendre qu'il cachait son vin *à cause des aides*, qu'il cachait son pain *à cause de la taille*, et qu'il serait un homme perdu, si on pouvait se douter qu'il ne mourût pas de faim. »

Ce paysan, qui n'ose manger le pain qu'ont fait pousser ses mains, c'est la France d'alors. La dîme ecclésiastique, accusée de tant de misères par les élèves de Voltaire, ne touchait qu'à la rente des terres, et ne chargeait pas le paysan qui ne possédait pas. Mais le fisc, les aides, la taille, les rats-de-cave, voilà les sangsues qui s'abreuvaient de son sang, qui se nourrissaient de sa chair. Par ces vexations, par ces injustices, s'amassaient lentement ces colères qui s'éveillèrent si terribles à la fin du XVIIIe siècle.

La révolution de 1789 fut surtout un soulèvement contre les aides et la taille, une émeute contre le fisc. La grande iniquité des privilèges en matière d'impôt, si elle ne justifie pas toutes les atrocités de la réaction populaire, au moins les explique.

J.-J. Rousseau, Voltaire et les autres ne voyaient à ces maux de remède et d'issue que l'injure et la révolte. Les honnêtes gens, les chrétiens, les patriotes véritables en poursuivaient pacifiquement la réformation.

A la tête de ces derniers, il faut placer Vauban.

« Le premier des ingénieurs et le meilleur des citoyens, » disait de Vauban Fontenelle. Lequel des deux titres a prévalu sur l'autre ? on le sait. Les reliefs et les tracés, le tir à ricochets sont peut-être de fort belles inventions ; mais on nous permettra de croire que le soulagement des misères de l'humanité pèse plus dans la balance que les tours bastionnées et les feux abrités. Si Vauban n'avait été que le rival heureux de Cohorn, nous ne marquerions pas sa place au milieu de ces héros d'humanité dont nous dressons ici le glorieux catalogue.

Que sont devenus les illustres du XVIIe siècle, les diplomates, les guerriers ? Combien savent aujourd'hui comment s'appelaient les négociateurs de la paix de Nimègue, ou le premier gentilhomme de la chambre du roi ? Mais la postérité n'oubliera jamais les noms de ces ardents amis de l'humanité, de ces bienfaiteurs, de ces martyrs de la charité, les Vauban, les Catinat, les Riquet, les Fénelon, les Colbert.

Qu'auraient dit de ces futures étoiles de l'histoire, les grands personnages d'alors, les ignorés d'aujourd'hui ? Ils eussent sans doute levé dédaigneusement les épaules, en entendant prononcer ces noms de robins ou de gens de petite noblesse.

Lorsqu'en 1693, Vauban, qui connaissait assez le génie de la France pour savoir qu'elle préfère toujours l'honneur à l'argent, donna à Louis XIV la première idée de l'ordre de Saint-Louis, il ne manqua pas de gens pour disputer sur la noblesse de Vauban, qui fut un des sept premiers grand'-croix.

Un homme qui ne se comptait pour quelque chose que parce qu'il était duc et pair, et dont la postérité n'a retenu le nom que parce qu'il a creusé l'histoire de son temps avec le stylet de Tacite, Saint-Simon a parlé du haut des épaules de la noblesse de Vauban. Ce grand esprit, si court par ce côté, qui, disait si bien Marmontel, ne voyait dans la nation que la noblesse, dans la noblesse que les ducs et pairs, et dans les ducs et pairs que lui-même, dit de Vauban : « S'il était gentilhomme, c'est bien tout au plus. Il montra son frère aîné pour le premier qui ait servi de leur race, et qui avait été seulement en arrière-ban du Nivernais, au retour duquel il mourut en 1635. Rien donc de si court, de si nouveau, de si plat, de si mince. » Et, pour un peu, le duc s'imaginerait voir le bâton de maréchal profané par Vauban, malgré « ses grandes et uniques parties militaires et de citoyen. »

C'est ainsi que, cinq ans auparavant, en 1688, lorsque Louis XIV comprit le marquis de Villars dans une promotion de l'ordre du Saint-Esprit, on trouva de trop petite noblesse le vieux et brave soldat qui avait donné le jour au futur vainqueur de Denain. Colbert lui-même n'échappait pas aux sarcasmes de ces puristes de blason ; témoin ce couplet satirique du temps :

Colbert prendra dans l'Écosse
Des titres de chevalier,
Car les livres de négoce
Ne donnent pas le collier.
Montbrun, ce foudre de guerre,
En aura chez un faussaire ;
Et Villars a ses aïeux
Au greffe de Condrieux.

Que Vauban fût ou non de bonne et vieille noblesse, il n'en sera rien de moins ou de plus pour la postérité reconnaissante.

Sébastien Le Prestre, chevalier, seigneur de Vauban, Bazoches, Pierre-Perthuis, Pouilly, Cetron, La Chaume, Épiry, le Creuzot et autres lieux, maréchal de France, chevalier des ordres du roi, commissaire général des fortifications, grand'croix de l'ordre de Saint-Louis, et gouverneur de la citadelle de Lille, naquit, le 1er mai 1633, d'Urbain Le Prestre et d'Aimée de Carmagnol. Sa famille était, selon quelques-uns, d'une bonne et vieille noblesse du Nivernais. Il vit le jour près d'Avallon, à Saint-Léger-du-Fougeret, dans la paroisse de Morvan, dépendante du bailliage de Saulieu et du diocèse d'Autun.

Le père de Vauban, comme tant d'autres, s'était ruiné au service du roi. La terre de Vauban fut mise sous le séquestre après la mort du chef de la famille, et le jeune Vauban se vit orphelin, sans ressources. Un brave homme, prieur de Saint-Jean, à Semur, M. de Fontaines, recueillit l'enfant et lui donna l'instruction première. Élevé au milieu d'enfants de son âge, dans une simplicité d'habitudes alors peu commune, le jeune gentilhomme reçut l'éducation du peuple, et fortifia son corps dans les rudes exercices de la montagne.

A dix-sept ans, las de l'oisiveté, voyant tous ses parents engagés dans la profession des armes, il s'échappe et va demander du service au régiment du grand Condé.

Le vainqueur de Lens et de Rocroy était alors à la tête d'une armée espagnole. Servir contre la France, était-ce un crime en ce temps-là? On a vu dans cet acte la seule tache de la belle et pure carrière de Vauban. Il serait juste d'accuser un peu plus Condé que le petit cadet de Bourgogne; ou plutôt, il ne faut accuser personne. Le patriotisme, mot et chose, n'était pas encore né. Nous aimons à donner ce beau nom de patriote aux grands héros chrétiens, aux illustres défenseurs de l'unité française, à Duguesclin, à Bayard, à Jeanne d'Arc. Mais il est vrai de dire que l'idée de patrie ne sortit vraiment complète que de la grande unité réalisée par Louis XIV. Avant lui, il n'y avait que des partis, et aucun d'eux ne rougissait d'appeler l'étranger à son aide.

C'est peut-être dans Saint-Simon que l'on rencontre pour la première fois ce mot de *patriote*, et, chose singulière, c'est à Vauban qu'il l'applique. « *Patriote comme il l'était*, » dit-il du grand preneur de places fortes.

Si Vauban commença par être officier, il ne tarda pas à quitter l'épée pour le compas. L'art de défendre les villes eut bien vite pour lui plus d'attraits que l'art de tuer les hommes. Il étudia donc presque seul le lever des plans et la trigonométrie, et il pratiqua son art pour la première fois au siége de Sainte-Menehould, occupé par les troupes du roi.

Fait prisonnier en 1653, Vauban fut apprécié par Mazarin, qui manquait d'hommes et savait les deviner. Le jeune ingénieur passa sans peine du service de l'Espagne à celui de la France.

Il ne le quittera plus. Nous ne le suivrons pas dans sa carrière d'ingénieur militaire, conduisant en chef, dès 1658, les siéges de Gravelines, d'Yères et d'Oudenarde; fortifiant, en 1663, les places de Dunkerque, de Fort-Louis et de Mardick, récemment cédées à la France par l'Angleterre; réduisant avec une rapidité inouïe jusqu'alors, les places de Flandre et de Franche-Comté; créant notre frontière du Nord et assurant la défense des autres.

On nous permettra de ne pas insister ici sur les mérites spéciaux de Vauban, considéré comme fortificationniste. L'homme de bien, le penseur utile à l'humanité passe pour nous avant l'ingénieur. Contentons-nous seulement d'indiquer, d'après un des écrivains les plus compétents en pareille matière, le caractère particulier de la méthode nouvelle appliquée par le rival heureux de Cohorn. Carnot le juge ainsi : « La fortification de M. de Vauban n'offre à l'œil qu'une suite d'ouvrages connus avant lui; mais elle offre à l'esprit de celui qui sait observer des résultats sublimes, des combinaisons profondes, des chefs-d'œuvre multipliés d'industrie. C'est dans l'art de disposer respectivement ces ouvrages connus avant lui; c'est dans l'art de profiter de toutes les circonstances locales; dans les manœuvres d'eau ingénieusement imaginées; c'est dans l'art de placer une simple redoute dans un lieu inaccessible, d'où elle prenne de revers sur les tranchées; c'est dans l'art d'enfiler une branche d'ouvrages si habilement, qu'on ne puisse la battre ni en brèche, ni par ricochet; c'est, dis-je, en tout cela que consiste l'art de Vauban. » (*Observations sur la lettre à MM. de l'Académie Française* sur l'éloge proposé de Vauban, par Choderlos de Laclos, 1785, in-8°).

Nous ne voulons chercher qu'une chose dans Vauban ingénieur, le caractère moral qu'il imprime pour la première fois à un art destructeur. Sa nature élevée, son âme de chrétien se reflètent jusque dans ses habitudes d'homme de guerre. Il aime ses soldats, il les ménage, il les conserve. Ce ne sont pas pour lui des instruments, de la *chair à canon*; ce sont des hommes.

Au siége de Cambrai, un officier qui veut se distinguer, propose de brusquer par un coup de main la prise d'un ouvrage avancé. Louis XIV partage l'avis de l'officier. — « Vous pourrez perdre, dit Vauban, tel homme qui vaut mieux que le fort. » On ne l'écouta pas et on fut repoussé avec perte. — « Une autre fois, je vous croirai, » dit le roi.

« J'aimerais mieux, disait encore Vauban, avoir conservé cent soldats à votre Majesté que d'en avoir tué trois mille à l'ennemi. »

Le grand roi, qui comme on sait n'aimait pas à

attendre, voulait prendre Ypres trop vite. — « Vous gagnerez un jour, lui dit Vauban, mais vous perdrez mille hommes. »

— J'aime mieux, disait-il devant Charleroi, en 1693, verser moins de sang et brûler un peu plus de poudre. »

Chez Vauban, le bon ménager d'hommes n'était pas seulement un économe de forces, c'était encore un philanthrope. Il aidait de sa bourse officiers et soldats, et appelait cela leur restituer ce qu'il avait reçu en trop des bienfaits du roi.

Jamais homme ne justifia mieux que Vauban la parole divine : Celui qui s'abaisse sera élevé. Il poussait la modestie jusqu'à l'humilité, et se dérobait à toute dignité qui pouvait l'empêcher d'accomplir un devoir. Brigadier d'infanterie en 1664, gouverneur de la citadelle de Lille en 1668, maréchal de camp en 1676, commissaire général des fortifications en 1678, il reçut en 1703, le bâton de maréchal de France. Il fallut le forcer à accepter ce dernier et grand honneur, ce titre suprême qu'il devait honorer en le recevant. Mais Vauban sentait bien que cette dignité si haute pourrait le paralyser dans les siéges, qu'elle ne lui permettrait pas de servir sous un général, ou sous un maréchal moins ancien que lui.

La suite lui donna raison. Le duc de La Feuillade, courtisan brillant et aimable, fat qui regardait ses succès de cour et de ruelle comme le gage certain de succès militaires, « âme de boue, dit Saint-Simon, impie de bel air et de profession, le plus solidement malhonnête homme qui ait paru de longtemps, » s'imagina de prouver qu'un ignorant pouvait conduire un siége tout comme Vauban lui-même. Il entreprit de réduire Turin.

Comme le siége n'avançait pas, Louis XIV s'ouvrit à Vauban et lui fit part de ses inquiétudes. Le savant ingénieur mit le doigt sur les bévues de La Feuillade et offrit de les réparer, en servant sous le duc comme simple volontaire. — « Y pensez-vous, dit le roi, servir sous un lieutenant-général! Et votre bâton! — Je laisserai mon bâton à la porte. Ma dignité, Sire, est de servir l'État. »

Le vaniteux La Feuillade repoussa dédaigneusement cette offre pleine de grandeur modeste. — « Je prendrai, dit-il, Turin à la Cohorn. » Il entendait à force de canons et d'hommes. Le duc ne réussit, après soixante-quinze jours de tranchée et plusieurs assauts, qu'à se faire battre par le prince Eugène, et leva honteusement un siége pour le succès duquel on avait prodigué les millions.

Vauban ne savait pas seulement s'effacer; il mettait en lumière les autres avec un sentiment de bonheur qui est le signe des belles âmes. Comme il visitait, en 1686, le canal des Deux-Mers, œuvre du génie et du dévouement de Riquet, un des monuments les plus véritablement grands, c'est-à-dire les plus utiles du siècle de Louis XIV : — « Voilà, s'écria-t-il, le plus grand et le plus bel ouvrage de ce genre qu'on ait entrepris. »

Cohorn, l'ingénieur du prince d'Orange, le seul rival sérieux de Vauban, mécontent un jour de son maître, fit quelques ouvertures pour passer au service de la France. Vauban fut naturellement consulté. Il conseilla vivement au roi de s'assurer un pareil homme.

Ce singulier homme de génie, qui ne connaissait ni la jalousie, ni l'orgueil, avait une réputation d'*ours mal léché* qu'il ne faut pas accepter sur parole. Voltaire, qui parle de tout et de tous avec une légèreté condamnable, ose dire que le maréchal était *très-ignorant*. On eût bien étonné le chef des encyclopédistes, si on lui eût dit que, de lui et de l'ignorant maréchal, le philosophe sérieux n'était pas Voltaire. Nous verrons tout à l'heure que Vauban surpassait autant son juge par la grandeur des vues et par la science véritable de l'homme et de la société, qu'il l'emportait sur lui par le cœur, par le courage civil, par le patriotisme, par toutes les vertus du chrétien et du citoyen.

Le portrait de Vauban, par Saint-Simon, n'est assurément pas flatté; mais quel homme ne devine-t-on pas sous cet extérieur peu attrayant dont le duc parle en ses *Mémoires !*

« Vauban, dit-il, *le plus honnête homme de son siècle*, le plus simple, le plus vrai, le plus modeste, avait fort l'air de guerre, mais en même temps un extérieur rustre et grossier, pour ne pas dire brutal et féroce. Il n'était rien moins : jamais homme plus doux, plus compatissant, plus obligeant ; mais respectueux sans nulle politesse, et le plus ménager de la vie des hommes, avec une valeur qui prenait tout sur lui et donnait tout aux autres. Il est inconcevable qu'avec tant de droiture et de franchise, incapable de se porter à rien de faux, ni de mauvais, il ait pu gagner au point qu'il fit l'amitié et la confiance de Louvois et du roi. »

Vauban méprisait, dit fort bien Fontenelle, « cette politesse superficielle dont le monde se contente, et qui couvre souvent tant de barbarie; mais sa bonté, son humanité, sa libéralité lui composaient une autre politesse plus rare, qui était toute dans son cœur. Il seyait bien à tant de vertu de négliger des dehors qui, à la vérité, lui appartiennent naturellement, mais que le vice emprunte avec trop de facilité. »

De ces divers portraits, il est permis de conclure que Vauban manquait de toutes les qualités qui font le courtisan, et la haute faveur dont il jouit, à contre-cœur, on peut le dire, ne s'attachait qu'à l'instrument, je ne dis pas seulement utile, mais indispensable, d'un règne militaire. — « Monseigneur, écrivait au Dauphin l'austère Montausier, je ne vous fais pas de compliment sur la prise de Philisbourg. Vous aviez une bonne armée, une excellente artillerie *et Vauban.* »

Mais quand ce bourru de génie qu'on appelait le maréchal de Vauban, eut rendu la France presque inattaquable; quand il eut conduit à bien cinquante-cinq siéges, restauré trois cents places anciennes, créé trente-trois places nouvelles; quand il eut entouré nos frontières de cette triple enceinte de pierre et de fer, que ne put entamer l'ennemi dans les plus mauvais jours de la monarchie expirante; Vauban, le travailleur infatigable, tourna son génie vers l'étude de tous les objets qui intéressaient la gloire et le bonheur de l'État.

Après la paix de Ryswick, il réunit dans une vaste collection de Mémoires toutes ces études diverses, sous le titre modeste de : *Oisivetès de M. de Vauban, ou Ramas de plusieurs Mémoires de sa façon, sur différents sujets.*

Il y en avait, non-seulement sur l'art dans lequel il était passé maître, mais encore, dit Fontenelle, « sur une infinité d'autres matières qu'on aurait crues plus éloignées de son usage, sur la marine, sur la course par mer en temps de guerre, sur les finances même, sur la culture des forêts, sur le commerce et sur les colonies françaises d'Amérique. *Une grande passion songe à tout,* dit encore Fontenelle; celle de Vauban pourrait être appelée la passion de la France. Ce grand homme de bien, conduit par un instinct supérieur d'ordre et de justice, avait le premier, des hauteurs de cette cour aux magnificences souveraines qui croyait résumer en elle le pays tout entier, prêté l'oreille à ces bruits partis d'en bas, qui parlaient de souffrances, d'injustices et de misères. Aussi éloigné de l'esprit de révolte que de l'esprit de flatterie, fidèle sujet en même temps que citoyen, Vauban eut ce courage, trop rare en France, de se faire l'introducteur de la vérité dans le palais de Versailles.

Le prieur recueillit l'enfant (p. 19.)

L'officier du siége de Douai qui, frappé à la joue d'un coup de mousquet dont il porta toujours la marque, se faisait porter à la tranchée alors qu'on craignait pour sa vie; le jeune partisan de Sainte-Menehould, qui passait le premier une rivière à la nage sous le feu de l'ennemi, avait au plus haut degré ce courage trivial qui affronte la mort sur le champ de bataille. Mais le courage civil, inconnu plus que jamais en France sous le grand roi; ce courage qu'il fallait pour affronter et contrecarrer un monarque infaillible, Vauban l'eut, et ce sera sa véritable gloire.

Au milieu du concert d'admirations louangeuses qui s'élevait d'ordinaire autour du grand roi, quelques paroles honnêtes et sévères retentissent comme des notes fausses à l'oreille de Louis XIV. C'est Fénelon, c'est Boisguillebert, c'est Vauban qui signalent des abus, qui déplorent des misères, qui plaident pour des infortunes. Leur voix respectueuse semble être la voix même de la France, adressant à son monarque, non des *remontrances* menaçantes comme elle ne le fera que trop tôt, mais des vœux et des espérances.

Vauban, le créateur des défenses de la France, dénonce ainsi à son maître tous les abus qui se commettaient en son nom. Persécutions religieuses, brigandage organisé du fisc et des finances, plaies saignantes des douanes provinciales, de la taille, des aides et de la gabelle : il déroule tout aux yeux de Louis XIV, parce qu'il a tout vu, tout étudié. L'amour du pays a éclairé son génie, a surexcité encore son infatigable activité.

Il n'épargnait, disent ses biographes, aucune dépense pour amasser la quantité infinie d'instructions et de mémoires dont il avait besoin, et il occupait sans cesse un grand nombre de secrétaires, de dessinateurs, de calculateurs et de copistes.

Celui qu'on a osé appeler un rêveur ne parlait que de ce qu'il avait vu. S'il avait l'audace de signaler à l'impérieux Louvois les déplorables conséquences de ces missions armées qui ravageaient, au nom de la religion, de paisibles provinces; si son cœur d'honnête homme protestait contre les conversions obtenues à coups de sabre et de garnisaires, et s'il montrait des milliers de citoyens utiles allant porter à l'étranger leurs cœurs, leurs bras et leur industrie : c'est qu'il avait parcouru les Cévennes, c'est qu'il avait compté les larmes de ces pauvres familles persécutées, c'est qu'il avait vu partir pour l'exil ces femmes, ces enfants dont le seul crime était la religion de leurs pères.

S'il proposait des moyens plus ou moins heureux, plus ou moins pratiques, de guérir dans nos campagnes désolées cette effroyable maladie de la misère, c'est qu'il était entré dans la chaumière en ruines dont le fisc avait enlevé le toit; c'est qu'il avait vu pleurer sur le seuil le paysan dont un agent barbare avait, au nom du roi, saisi la charrue, la vache et le grabat.

C'est cette misère factice, créée par les impôts de toute espèce, qui inspira à Vauban son grand projet de réforme économique, la *dîme royale*.

Le tableau qu'il en trace est navrant : la dixième partie du peuple réduite à la mendicité; cinq autres dixièmes possédant à peine le strict nécessaire; trois autres encore « fort malaisés et embarrassés de dettes et de procès; » et, dans le dernier dixième, « si je mets tous les gens d'épée, de robe, ecclésiastiques et laïques, toute la noblesse haute, la noblesse distinguée et les gens en charge militaire et civile, les bons marchands, les bourgeois rentés et les plus accommodés, on ne peut pas compter sur cent mille familles; et je ne croirais pas mentir quand je dirais qu'il n'y en a pas dix mille, petites ou grandes, qu'on puisse dire être fort à leur aise; et qui en ôterait les gens d'affaires, leurs alliés et adhérents couverts et découverts, et ceux que le roi soutient par ses bienfaits, quelques marchands, etc., je m'assure que le reste serait en petit nombre. »

Quel tableau! et quelle lumière étrange une pareille situation, décrite par un pareil homme, jette sur la France au vestibule de la révolution.

Les guerres onéreuses et prolongées du règne de Louis XIV, le chancre d'une cour somptueuse, l'énormité de l'impôt, par-dessus tout, sa mauvaise assiette et un déplorable système d'administration : telles étaient les causes de ruine qu'osaient signaler à la fois deux esprits judicieux, deux cœurs honnêtes, Boisguillebert et Vauban.

La *dîme royale* de Vauban, que Voltaire juge sans l'avoir vue, qu'il appelle dîme *réelle*, et qu'il attribue à Boisguillebert, abolissait, dit Saint-Simon, *toutes sortes d'impôts*, « auxquels il en substituait un unique, divisé en deux branches, auxquelles il donnait le nom de *dîme royale;* l'une sur les terres, par un dixième de leur produit; l'autre, légère par estimation, sur le commerce et l'industrie, qu'il estimait devoir être encouragés l'un et l'autre, bien loin d'être accablés. »

Il serait plus juste de dire que, sans abolir tous les impôts existants, Vauban proposait de remplacer cette foule pressée d'aides, de tailles, de douanes provinciales, d'impôts vexatoires affectant les noms les plus divers, les formes les plus bizarres, par une contribution unique *du dixième, au minimum, du revenu en nature de toutes les terres, et du revenu en argent de tous les autres biens*, depuis l'immeuble bâti, jusqu'à la rente, jusqu'au gage, au salaire, au traitement, au profit d'office ou d'industrie.

Simplifier l'impôt et la perception, généraliser la contribution des citoyens aux charges publiques, telle était l'idée fondamentale du système.

Quant aux taxes indirectes, à l'exception de celle du sel, qu'il allégissait et soumettait à l'uniformité, Vauban ne changeait rien aux impositions alors perçues. Sa *dîme* ne devait pas être une récolte des produits en nature, mais une perception par fermage. « Selon, dit-il, que la dîme *se serait jouée entre la* 20e *et la* 10e *gerbe*, » la dîme devait rapporter entre 60 et 120 millions, c'est-à-dire beaucoup moins que la dîme ecclésiastique, qui se percevait pourtant sans gêne, sans réclamations.

« Mais, dit Saint-Simon, ce livre avait un grand défaut. Il donnait, à la vérité, au roi plus qu'il ne tirait par les voies jusqu'alors pratiquées; il sauvait aussi les peuples des ruines et des vexations, et les enrichissait en leur laissant tout ce qui n'entrait point dans les coffres du roi, à peu de chose près: mais il ruinait une armée de financiers, de commis, d'employés de toute espèce ; il les réduisait à chercher à vivre à leurs dépens, et non plus à ceux du public, et il sapait par les fondements ces fortunes immenses qu'on voit naitre en si peu de temps.

« C'était déjà de quoi échouer.

« Mais le crime fut qu'avec cette nouvelle pratique tombait l'autorité du contrôleur général, sa faveur, sa fortune, sa toute-puissance, et par proportion celle des intendants des provinces, de leurs secrétaires, de leurs commis, de leurs protégés, qui ne pouvaient plus faire valoir leur capacité et leur industrie, leurs lumières et leur crédit, et qui, de plus, tombaient du même coup dans l'impuissance de faire du bien ou du mal à personne... La robe entière en rugit pour son intérêt. Elle est la modératrice des impôts par les places qui en regardent toutes les sortes d'administrations, et qui lui sont affectées privativement à tous autres.,... Ce ne fut donc pas merveille si le roi, prévenu et investi de la sorte, reçut très-mal le maréchal de Vauban lorsqu'il lui présenta son livre, qui s'adressait à lui dans tout le contenu de l'ouvrage. On peut juger si les ministres, à qui il le présenta, lui firent un meilleur accueil. »

Aussi, une clameur indignée de tous les intéressés accueillit les révélations et les projets de l'imprudent honnête homme. Le 14 février 1707, le roi, en son conseil privé, ordonna la saisie, confiscation et destruction de tous les exemplaires du livre portant *Projet d'une dîme royale*, sans nom d'imprimeur, distribué sans permission ni privilége, faisant défense à tous libraires d'en garder ni vendre aucun, à peine d'interdiction et de mille livres d'amende.

Vauban, condamné dans son œuvre, coupable d'avoir porté une main téméraire sur le gouvernement du royaume, ne fut plus qu'un révolté. « De ce moment, dit Saint-Simon, sa capacité militaire unique en son genre, ses vertus, l'affection que le roi y avait mise, jusqu'à croire se couronner de lauriers en l'élevant, tout disparut à l'instant à ses yeux. Il ne vit plus en lui qu'un insensé pour l'amour du public, et qu'un criminel qui attentait à l'autorité de ses ministres, par conséquent à la sienne. Il s'en expliqua de la sorte sans ménagement.

« Le malheureux maréchal, porté dans tous les cœurs français, ne put survivre aux bonnes grâces de son maître, pour qui il avait tout fait. Il mourut peu de mois après, ne voyant plus personne, consumé de douleur et d'une affliction que rien ne put adoucir, et à laquelle le roi fut insensible, jusqu'à ne pas faire semblant qu'il eût perdu un serviteur si utile et si illustre. »

Noël raconte la fin du grand homme d'une façon moins dramatique, et plus vraie peut-être. Abreuvé de chagrins, Vauban s'était retiré dans son château de Bazoches. Il y mourut, le 30 mars 1707, d'une fluxion de poitrine. Il avait près de soixante-quatorze ans.

Pour qui ne connaîtrait Vauban que par les légèretés de Voltaire, il serait difficile de deviner dans l'auteur de la *Dîme royale*, un philosophe de premier ordre, un des pères de la science économique. C'est de lui, cependant, et de Boisguillebert, que procédèrent Quesnay, Turgot et tous les économistes modernes. Ouvrez ses œuvres, et vous y trouverez des maximes, aujourd'hui banales, alors empreintes d'un cachet d'originalité qui les signalait à la défiance des prétendus sages.

Le premier, Vauban combattit cette erreur si longtemps accréditée, que la richesse consiste principalement dans les métaux précieux. Ce n'est pas un mince mérite, quand on considère quels esprits éminents partageaient ce préjugé qui fait de l'argent la source de toute vie sociale.

Comme on annonçait un jour à Colbert qu'un vaisseau portant un million en or venait d'arriver au Havre : Vous ne pouvez rien m'apprendre, dit le grand ministre, qui puisse être plus agréable à Sa Majesté.

Vauban eût préféré, à coup sûr, pour un million de fer ou de blé.

Le souverain doit protection égale à tous ses sujets. — Le travail est le principe de toute richesse, et l'agriculture le travail par excellence. — On doit toujours se tenir plutôt en deçà qu'au de là des limites que la raison commande d'assigner à l'impôt. — L'impôt doit frapper, avec une égalité proportionnelle sérieuse, les revenus de toute nature qui existent dans l'État. — La liberté de l'industrie et du commerce est un bien, et toutes les entraves qu'on y apporte sont un grand mal. — Il est insensé de pousser à l'accroissement des classes improductives de la société. — Le menu peuple, qu'on accable et qu'on méprise, est le véritable soutien de l'État : voilà des vérités qui courent les rues aujourd'hui, et qui, au temps de Vauban, passaient pour de dangereux paradoxes.

On se fera une juste idée de la nouveauté de ces doctrines, en réfléchissant à ces expressions de Fontenelle : « Tous ces détails *méprisables et abjects en apparence*, appartiennent cependant au grand art de gouverner. »

Détails abjects, l'étude des moyens qui assurent la prospérité de tout un peuple ; méprisable sujet de discours, la recherche d'une manière juste et féconde de tirer d'une nation les ressources qu'elle peut rendre, et de lui donner en échange la sécurité du travail et le bien-être du foyer.

Mais *le grand art de gouverner* était encore dans l'enfance; Vauban était venu trop tôt d'un siècle. Ou plutôt, comme tous ces génies bienfaisants qui honorent l'humanité, il lui était réservé de jeter la première parole, de tracer le premier sillon. Sa voix n'a pas été perdue et la trace de sa main puissante se retrouve encore dans notre sol fécondé, que couvrent des populations libres et prospères, sûres de vivre de leur travail, sous la protection d'une loi qui ne connaît plus de priviléges. La grande iniquité de l'impôt a disparu; les *mangeries* du fisc sont reléguées dans l'histoire; et s'il a fallu une révolution sanglante pour accomplir ce progrès, n'oublions pas que des hommes comme Vauban eussent pu suffire à préparer et à accomplir, sans secousse, cette heureuse transformation.

Dirons-nous maintenant que tout est à admirer dans la *dîme royale?* Nous ne le pensons pas. Tout réformateur dépasse la mesure, et dans son ardent amour d'égalité, de simplification, Vauban s'est élancé au delà du possible. Il y a un grain d'utopie dans cette unité magnifique de l'impôt, et la probité du maréchal ne soupçonnait pas les conséquences pratiques d'une partie de son système. Surprendre le revenu, saisir, sur les déclarations même des contribuables, cette source mystérieuse d'impôts, c'eût été sans doute mettre l'honnêteté publique aux prises avec l'intérêt; c'eût été, à coup sûr, organiser un système d'inquisition tyrannique.

Avec ses grandeurs et ses taches, le génie de Vauban est encore un de ceux qui honorent le plus l'humanité. Le caractère principal de cette nature si élevée, c'est l'unité parfaite de la pensée et de la vie. Vauban fut un honnête homme aussi bien par la conduite que par les maximes. Fontenelle, dont le cœur un peu étroit et sec n'avait pas la mesure d'un homme comme Vauban, a dit de lui, en langage de rhéteur : « C'était un Romain qu'il semblait que notre siècle eût dérobé aux plus heureux temps de la république. » Éloge ridicule! Vauban était toute autre chose qu'un Cincinnatus ou un Scipion; il était autant au-dessus de ces héros de Rome républicaine, que le christianisme est au-dessus de l'égoïste vertu des païens.

Marié, en 1660, avec Jeanne d'Osnay, dame d'Espiry, Vauban ne laissa que deux filles. Son nom s'est éteint et sa descendance ne se retrouve que dans les familles Le Pelletier d'Aunay et Le Pelletier de Rosambo.

Le 26 mai 1808, Napoléon fit placer aux Invalides le cœur de Vauban sous un buste élevé en face du tombeau de Turenne.

A. Fouquier.

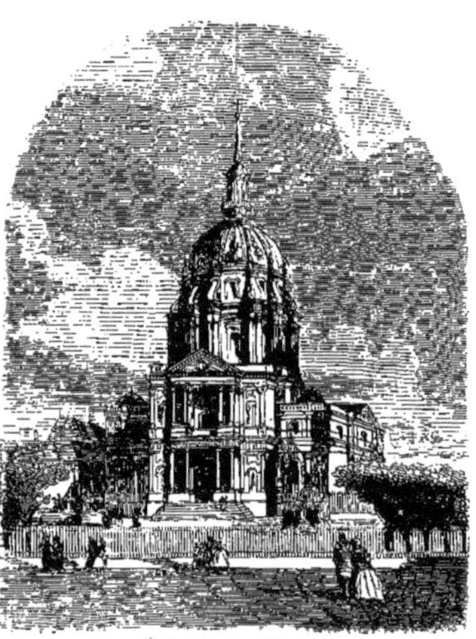

Église des Invalides.

SOUVENIRS DU SPIELBERG (FIN. — V. p. 9.)

Les prisonniers du Spielberg avaient obtenu cette grande consolation de vivre deux par deux. Le courage de l'un soutenait le courage de l'autre; une douleur partagée devient plus légère.

Le compagnon de Silvio Pellico fut Maroncelli. Piero Maroncelli, dont l'angélique résignation peut être mise en parallèle avec celle de Pellico lui-même, avait puisé sa force à la même source,

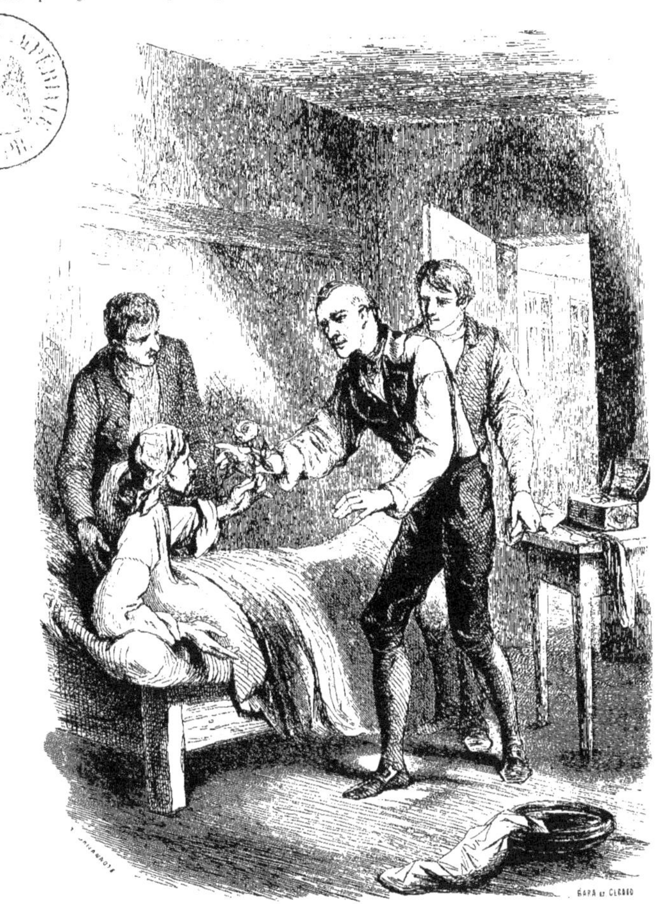

Je n'ai pas autre chose à vous offrir (page 26.)

dans la religion. Né à Forli, dans la Romagne, en 1795, il avait été destiné tout d'abord à l'Église. Mais la chaste passion qu'il conçut pour Maria Iraldi, jeune fille charmante de la famille de Bonnet, l'aimable philosophe genevois, le détourna de bonne heure de la carrière ecclésiastique.

Ardent, enthousiaste comme un artiste, Maroncelli ne sut pas résister aux généreuses folies qui agitèrent l'Italie tout entière, et qu'encouragea pendant quelque temps le gouvernement français. Maçon d'abord, carbonaro ensuite, il se vit désigné aux défiances du gouvernement restauré, et se sentit entraîné comme malgré lui dans ces puériles conspirations qui attirèrent à leurs auteurs la terrible punition du Spielberg.

Maroncelli avait une véritable organisation d'artiste. Fils d'un pauvre marchand de toiles, il avait appris seul, tout petit et presque sans leçons, à jouer d'une mauvaise épinette ; un peu plus grand, il accompagnait la messe sur les orgues de l'église de Forli. A douze ans, il composait une messe et, perché sur un grand escabeau, dirigeait gravement un orchestre. Une madone du Guide le pénétrait d'une religieuse passion, et il composait en l'honneur de la chaste image un poëme enthousiaste, qu'il intitulait le bouquet des quinze roses : *Quindici Rose*.

Ces dispositions si précoces, cette divination de l'art sous toutes ses formes, appelèrent l'attention de quelques protecteurs intelligents. Piero Maroncelli fut envoyé au Conservatoire de Naples. Jour de bonheur pour le jeune artiste! jour terrible pour son avenir, s'il lui avait été donné d'en connaître les suites. Car ce Conservatoire était alors une sorte de gymnase ouvert à toutes les idées des novateurs, et les élèves faisaient partie de la colonne harmonique des loges de maçonnerie.

C'est dans ce milieu turbulent et passionné, que Maroncelli s'imprégna avidement des idées libérales et des leçons musicales de ces grands maîtres de l'art, les Feneroli, les Paësiello, les Zingarelli. Ce fut lui qui révéla à l'Italie le talent singulier d'un grand et frêle jeune homme, faiblement constitué, mais admirablement doué pour le chant, et dont la voix accusait une étendue et une puissance inouïes. Ce jeune homme s'acharnait à jouer médiocrement du violon, quand Maroncelli, devinant en lui un grand chanteur, composa à son intention une *aria buffa* qu'il lui fit chanter sur un théâtre improvisé dans une salle d'auberge. Le grand et frêle jeune homme se nommait Lablache.

Poëte et musicien, c'était bien là le compagnon de souffrances qu'il fallait à Pellico, et tous deux adoucirent mutuellement leurs douleurs par la composition de poëmes empreints d'une mélancolie ineffable et d'une piété touchante. Ils se retrouvaient tous deux, pâles, flétris, épuisés par la faim, courbés par leurs fers, mais résignés et consolés par la religion. Du jour où ils se virent réunis, commença pour eux une nouvelle existence. Ils lisaient ensemble, ils méditaient, ils composaient ensemble. A défaut de papier, leur mémoire exercée retenait de longues créations musicales et poétiques. Pellico écrivait ainsi dans sa tête sa tragédie de *Leoniero da Dertona*. Maroncelli rimait et notait la légende gracieuse de la *Madona del Fuoco*, souvenir poétique de la première Vierge qui reçut son adoration dans la petite école de Forli.

Cette Madone n'était autre chose qu'une image grossièrement dessinée au charbon sur une feuille de papier; mais cette image, le maître d'école et ses élèves la vénéraient plus que si elle eût été ciselée dans l'or par un Benvenuto Cellini. Le samedi, avant de quitter l'école, maître et élèves allumaient une lampe devant la bienheureuse image et chantaient des litanies à la mère des petits enfants.

Après la mort chrétienne d'Oroboni, d'autres épreuves étaient encore réservées aux pauvres prisonniers du Spielberg. Les lourdes chaînes que portait Maroncelli lui causèrent une tumeur au genou gauche. Dans le principe, la douleur n'était pas vive et le forçait seulement à boiter. Puis il eut peine à traîner ses fers. Enfin, un matin, il tomba pour ne plus se relever. La tumeur était devenue une plaie. Il fallut amputer la jambe.

Deux chirurgiens arrivèrent : l'un, simple barbier de la prison, mais instruit et vénérable ; l'autre, jeune élève de l'école de Vienne, qui n'avait qu'à assister. Le malade fut assis sur le bord du lit, soutenu par son inséparable compagnon de captivité. Le vieux barbier tailla la chair, lia les artères et scia l'os ; Maroncelli ne poussa pas un cri. Dans les bras de Pellico, qui pleurait de ces souffrances héroïquement endurées, Maroncelli murmurait cette chanson improvisée :

« Douces brises qui passez sur l'Italie, vous ne soufflez jamais sur le pauvre prisonnier! Combien de fois j'ai invoqué le retour d'avril et de mai! Avril et mai sont venus sans apporter la vie au pauvre prisonnier!... »

L'opération finie, le malade vit emporter sa jambe coupée, et lui jetant un regard de compassion :

« — Vous m'avez, dit-il au vieux chirurgien, délivré d'un ennemi, et je n'ai aucun moyen de reconnaître ce service. »

Il y avait sur la fenêtre une rose dans un verre.

« — Pellico, dit Maroncelli, je te prie de m'apporter cette rose. »

Pellico l'apporta, et le malade l'offrit au vieux chirurgien, en lui disant : « — Je n'ai pas autre chose à vous offrir pour vous témoigner ma reconnaissance. »

Celui-ci prit la rose et pleura.

Deux ans après, Silvio Pellico et Maroncelli recevaient enfin une grâce si chèrement achetée.

B.

CANTON

Pour arriver à Canton, cette lucarne ouverte un peu violemment sur le Céleste-Empire, il faut d'abord faire étape à Manille. De là, à l'aide d'un clipper fin voilier, le voyageur peut être rendu à Canton en moins de cinq jours.

A Manille, capitale de l'île de Luçon et des autres Philippines, on prend un avant-goût de la Chine. Le Chinois, qui commence à inonder l'Amérique et l'Australie, avait depuis longtemps fait à Manille son apprentissage de la civilisation européenne. Manille offre, au reste, deux autres échantillons curieux des races humaines, le Malais et le Tagal au teint olive, aux cheveux lisses, qui paraît être une variété du Malais.

Manille, fondé en 1571 par Juan de Salcedo, un demi-siècle après la découverte de Luçon par Magellan, est une assez jolie ville, que baigne une rivière charmante, le Tassig. Un grand lac, placé à dix milles de la ville espagnole, alimente le Tassig. Manille est encaissée entre deux belles chaussées, qui forment un port toujours encombré de navires anglais, et de fortifications d'assez belle apparence. Mais c'est en dehors des murs crénelés que s'élève la partie la plus agréable de la ville, le faubourg Binondo, rendez-vous de coquettes villas.

La Chine s'annonce par un golfe énorme, dans lequel se précipite un des grands fleuves de la Chine, le Tigre. Le Céleste-Empire est, en effet, l'empire de l'eau.

Le système hydrographique particulier de la Chine est un des caractères les plus curieux de cet empire; c'est par là qu'il se distingue des autres contrées du globe; c'est par là qu'il a surtout affecté les formes d'une civilisation originale; c'est par là enfin que l'avenir le montrera le plus vulnérable.

Ce système se compose de quelques fleuves énormes, reliés entre eux par des canaux innombrables, naturels ou factices. C'est le Hoang-Ho, ou fleuve Jaune, dont la source est dans les monts qui séparent le Thibet oriental du Tangout; son cours, très-sinueux, mesure plus de 3,600 kilomètres. Il se jette dans la mer de Corée.

C'est l'Yang-Tse-Kiang, dont la source est placée un peu plus au nord, dans les mêmes montagnes, et qui se jette dans la mer de Chine, à 200 kilomètres seulement de l'embouchure du Hoang-Ho, après avoir fertilisé l'empire dans son cours de plus de 4,400 kilomètres.

Voilà les deux principales artères. Ajoutez-y le Péi-Ho, qui passe à peu de distance de Péking, capitale de l'empire, et qui se jette dans le golfe de Pe-Tchi-Li. Le canal impérial relie le Péi-Ho au Hoang-Ho.

L'Yang-Tse-Kiang a pour affluent principal le Po-Hiang-Hou, masse énorme d'eau, plutôt comparable à un lac qu'à une rivière, et qui reçoit lui-même des rivières considérables, le Kan-Kiang par exemple.

Le Pei-Kiang, qui débouche dans la mer de Chine par ce vaste estuaire que nous nommons le Tigre, prend sa source à l'opposite des grands fleuves déjà nommés.

Ainsi coupée en mille sens différents par des fleuves, par des rivières, par des ruisseaux, par des canaux, la Chine offre au voyageur, d'une extrémité de l'empire à l'autre, des communications par eau qui remplacent presque absolument les routes de terre.

Le Tigre ou Pai-Kiang forme, en se jetant dans la mer, un canal de 120 kilomètres environ, qui va s'élargissant, et qui sème jusqu'à 60 kilomètres au large des îles sans nombre. Chaque groupe d'îles distinct dessine une passe, et l'ensemble du système prend le nom de rivière de Canton.

A peine entré dans ce réseau, à plus de 100 kilomètres de l'embouchure véritable, on commence à rencontrer ces bateaux pêcheurs à forme de cygne, ou si on l'aime mieux d'oie, dont l'avant plonge dans l'eau, tandis que l'arrière se relève de plusieurs mètres. Ces bateaux, munis de deux voiles, sont de véritables *life-boats*, des maisons flottantes où vivent et meurent des générations de pêcheurs. Nos enfants sont armés du bourrelet qui protége leur tête contre les accidents de terre ferme; les enfants de ces amphibies portent au cou des gourdes, destinées à les soutenir sur l'eau, si le pied leur glisse au milieu de leurs jeux.

La première île un peu importante qui s'offre aux regards dans la rivière de Canton, est Liutin. Elle fait partie d'un groupe d'îlots incultes, aux rocs grisâtres et aux broussailles arides. C'est le mouillage ordinaire des navires arrivés pendant la mousson de nord-est. Luitin est un Ténériffe en miniature, une sorte de cône de 200 mètres de hauteur. Au pied du pic, s'étale un misérable petit village chinois, dont la triste apparence recèle cependant un mouvement assez actif de commerce et de contrebande : deux mots qui sont souvent synonymes dans ces parages. C'est là que, en 1839, se réfugia le commerce d'opium, que le gouvernement de Canton venait de suspendre violemment, en opérant la saisie de 21,080 caisses appartenant aux Anglais. Ce commerce, assez honteux après tout, roulait annuellement, dès cette époque, sur un chiffre de 30,000 caisses; en 1812, il n'atteignait que le chiffre de 2,000.

De Liutin à Macao, on compte environ 48 kilomètres. Macao, la vieille colonie portugaise, est bâti, comme on le sait, sur une presqu'île de 3 kilomètres de long sur 1 kilomètre de large. Cette langue de terre est coupée de ravins et ondulée de petites collines. Le sol en est à peu près stérile. A l'endroit où la presqu'île s'attache au continent, une muraille sépare le territoire de Macao de celui du Céleste-Empire. Au milieu s'élève une porte, toujours gardée par des soldats chinois.

De Canton à Macao, on compte 100 milles ou 132 kilomètres. Au premier tiers du chemin, les rives du fleuve immense se resserrent; c'est là qu'est la véritable embouchure, Bocca-Tigris, formée par les îles de Ty-Kok-tow et d'Anung-Hoy, et qui, comme le fleuve lui-même, prend son nom d'un ilot dans lequel les Chinois croient trouver la ressemblance d'un tigre accroupi. C'est à Bocca-Tigris, encore appelé le passage des Bogues, que finit la rivière de Canton ou rivière des Perles (Choup-Kiang). Un peu plus loin, est une baie, dans laquelle se dessine la blanche ligne d'un fort dont, en 1841,

Famille chinoise.

sir Gordon Brewer s'empara avec une facilité qui donne une assez pauvre idée de l'artillerie chinoise.

Au-dessus de Bocca-Tigris, le fleuve s'élargit, et deux milles plus loin, on arrive à Canton.

Kouang-Toung, ou Canton, est la capitale de la province de ce nom. Elle est située à 3,028 kilomètres de Péking, capitale de l'empire.

Canton forme au moins deux villes distinctes, séparées par une muraille crénelée, dont les assises furent posées il y a trois mille ans. Les fortifications, plus massives que sérieuses, ont une épaisseur moyenne de 7 à 8 mètres. L'armée anglo-française, en 1858, a pu faire sur ces murailles, comme sur une large rue, le tour de la ville intérieure. La population, à peu près également répartie dans les deux villes, est estimée à 1 million d'âmes. La population générale de l'empire, d'après le recensement achevé, en 1857, par l'empereur Kiang-Fou, est évaluée à 415 millions d'âmes, et selon les missionnaires, s'il y a quelque exagération dans ce chiffre, il n'en faudrait rabattre au plus que de 6 à 8 millions.

Nous voici donc en présence d'un empire dont la population représente le tiers au moins de celle du globe, et dont la capitale, avec ses deux districts ou faubourgs, Da-Szin et Wan-Pih, atteint au chiffre énorme de 2,553,159 habitants. On s'en étonnera moins, si l'on songe que l'empire du Milieu (c'est le nom que l'orgueil chinois donne à la Chine) s'étend, de Kaghar en Boukharie aux embouchures de l'Amour sur une longueur de 5,400 kilomètres; et, des monts Saïansk à la pointe méridionale, sur une largeur de 3,400. Les côtes présentent un développement de 2,000 lieues géographiques, et la surface géométrique de l'ensemble est de 2,680,000 kilomètres carrés, un dixième environ de la surface habitable de la terre.

Entrons maintenant dans Canton. A mesure que nous avançons, le pays s'étend à l'œil en immenses plaines inondées, couvertes de rivières et bordées à l'horizon, de montagnes d'une hauteur moyenne. Des canaux en argentent la surface, artères fécondes, où des bateaux sans nombre, à hautes voiles de nattes jaunes, marquent leur sillage. Quelques pagodes s'élancent du milieu des bouquets d'arbres. De temps en temps, une jonque de guerre, aux couleurs rose, jaune ou bleue, les couleurs mandarines, fait reluire au soleil les pavillons multicolores de sa poupe et les banderoles de ses mâts.

Avant d'entrer dans la ville extérieure, la seule accessible aux étrangers, on passe au milieu d'une autre ville, la ville flottante. Là, naît, vit et meurt sur ses bateaux toute une population spéciale de bateliers, de pêcheurs et de marchands.

C'est là qu'on aperçoit pour la première fois,

Bocca-Tigris.

penchées sur les bordages et regardant passer les *Fan-Kouaï* (diables étrangers), ces figures jaunes, aux pommettes saillantes, aux yeux bridés, enfantines et narquoises, dont nous ont depuis longtemps donné un avant-goût ces poussas grotesques, ces figures fantoches des boîtes à thé; ces magots à la laideur bizarre, qui semblent ivres d'eau-de-vie de riz et d'opium; ces monstres de biscuit, accroupis dans leur robe à ramages constellée de dragons; ces divinités aux bouches tordues, à l'air puéril et décrépit tout ensemble, étonnements et terreurs de notre enfance, images presque fidèles du peuple qui les inventa.

Débarqué sur le port des factoreries, l'Européen se trouve en terrain neutre. Deux rues magnifiques, China-Street et New-China-Street s'ouvrent sur la place des Factoreries, et laissent admirer aux nouveau-venus des boutiques luxueuses, remplies de marchandises de choix et habitées par des marchands millionnaires, à la longue robe de soie bleue, au chapeau conique rehaussé d'une aigrette rouge.

C'est après ces deux rues de parade, *européanisées* par le voisinage, que commence la vraie ville chinoise, aux mille petites rues sombres de deux mètres de large, la ville bâtie sur pilotis, la ville inextricable, encore inconnue malgré l'occupation, et dans laquelle l'habitant chinois lui-même ne s'aventure pour une longue course qu'avec une boussole dans sa chaise à porteur ou un plan sur son éventail.

C. R.

LE SECRET POUR VIVRE LONGTEMPS

Un des rêves les plus chers à l'humanité, c'est la prolongation de la vie au delà des limites ordinaires. Elixir de *longue vie* fut toujours le mot de passe des charlatans. Quelquefois même, dans sa folie, l'homme a été jusqu'à aspirer à l'immortalité, et l'alchimiste du moyen âge croyait trouver dans l'or potable la source d'une jeunesse éternelle.

Cette fontaine de Jouvence, entrevue dans nos rêves, nul navigateur ne l'a rencontrée dans ses explorations, et les hardis marins du XVIe siècle n'ont trouvé qu'un continent nouveau, là où ils cherchaient Cipangu, la ville d'or, et la fontaine de vie.

Elle existe pourtant, cette source mystérieuse de la longue jeunesse; elle est en nous-mêmes. Ce n'est pas aux entrailles de la terre qu'il faut demander ses eaux vivifiantes; c'est aux lois mêmes de la vie, posées dès la première heure du monde par l'auteur de toute vie.

Nous énumérions naguère ces existences admirablement prolongées au delà de l'ordinaire mesure. Quel en est donc le secret? Est-ce à un don singulier, à une faveur spéciale, ou ne serait-ce pas plutôt à un sage emploi des dons répartis à toutes les créatures, qu'il faudrait attribuer ces longévités extraordinaires dont nous esquissions la liste intéressante?

Le bon sens répond tout d'abord, en nous montrant ces milliers d'êtres humains, moissonnés sur le seuil de la vie. Ceux-là, sans doute, étaient condamnés à entrevoir seulement l'existence, et leur place n'était marquée que pour un moment au banquet.

Et parmi ceux pour qui la mort se montre plus patiente, combien d'êtres débiles, victimes innocentes de fautes originelles, et que le triste héritage d'une santé altérée dans sa source réserve à un trépas prématuré! Combien, encore, de constitutions robustes attaquées et détruites avant l'heure par les influences extérieures, par les fléaux, par la misère!

La loi mystérieuse d'inégalité gouverne donc la vie humaine tout entière, depuis le berceau jusqu'à la tombe.

Mais l'homme a ce noble privilége de contrebalancer par la raison l'action des forces brutales et destructives qui l'entourent ou que recèle son organisme. Aussi, quelle que soit la dose originelle de vitalité reçue par chacun de nous, il nous est permis de la ménager comme un sage propriétaire ménage et augmente sa fortune. La longueur de la vie est, il est vrai, proportionnée en principe à la durée de l'accroissement du corps et à l'énergie constitutive. Mais que dire, lorsque l'être, en apparence marqué pour une courte existence, triomphe de sa propre nature et dépasse en longévité les plus robustes?

Nicole Marc, par exemple, morte à Azembon en Picardie en 1760, estropiée dès le berceau, naine, bossue, chétive, atteint à 110 ans. Fille de basse-cour pendant près d'un siècle, elle ne vit que de pain et de laitage, et son activité, sa régularité, sa sobriété exemplaires, prolongent démesurément sa frêle existence.

Mais voici Gabriel Chevalier, paysan du Vendomois, vieux soldat de Catinat, héros ignoré de Stafarde et de Marsaille, qui arrive à 106 ans (1762), en suivant un régime tout contraire. Doué d'une vigueur peu commune, il ne se refuse aucun plaisir, il ne recule devant aucun excès. A cent ans passés, il se prend de querelle avec un laboureur et le terrasse.

A son exemple, le boucher Larroque, mort en 1767 à Tric, en Gascogne, prolonge son existence jusqu'à 102 ans, tout en s'enivrant deux fois par semaine.

Mais que prouvent ces faits et quelques autres du même genre, sinon que la sobriété eût prolongé de beaucoup encore l'existence de ces hommes de fer?

— « Comment avez-vous fait pour arriver frais et sain jusqu'à 115 ans? » disait Louis XIV à Philippe d'Herbelot? — « Sire, répondit le spirituel centenaire, dès l'âge de 50 ans, j'ai fermé mon cœur et ouvert ma cave. »

L'apathie, dans le sens que les Grecs donnaient à ce mot, c'est-à-dire l'absence de passions, serait-ce donc la condition essentielle de la longévité? Fontenelle le disait, en plaisantant sans doute, lorsqu'il promettait la centaine à tout homme doué d'un mauvais cœur et d'un bon estomac. Mais pourquoi s'arrêter à la passion, qui consume la vie? pourquoi ne pas condamner le mouvement qui l'use, et que ne désire-t-on pour l'homme, à l'exemple de Cardan, l'immobilité de la plante? Que ne propose-t-on, comme Bacon ou Maupertuis, d'oindre le corps d'huile ou de l'enduire de poix, pour arrêter la transpiration et immobiliser la vie? L'Hindou retient sa respiration pour ménager et prolonger son existence dans une contemplation stupide. Est-ce là la vie qu'on nous offre pour modèle? Autant vaudrait être le crapaud enfermé pendant des siècles dans la pierre, ou l'insecte desséché qui, dans la poussière de nos toits, renaît aussitôt que l'eau pénètre et vivifie ses organes.

Sans doute le calme et la paix de l'âme conservent et protégent; mais il est des passions qui soutiennent la vie, loin de l'user. Ce n'est donc pas à l'égoïsme, à l'apathie, à la sécheresse du cœur, qu'il faut demander encore le secret de notre durée.

Une indication des plus vulgaires nous mettra sur la voie. C'est dans les classes des travailleurs pauvres, et parmi ceux qui n'ont jamais commis d'excès en aucun genre que se trouvent presque tous les centenaires. A cette modération dans l'emploi des fonctions vitales, ajoutez la régularité des habitudes, et vous aurez doublé les chances de longévité; des légumes cuits, du laitage, des fruits, peu de viande, peu de vin, point de boissons excitantes, tel est le régime des centenaires.

Ambroise Jantet, laboureur, mort à Verdun le 23 mai 1751, a vécu 111 ans en ne faisant usage que de pain d'orge sans levain et de petit-lait. Péliot, centenaire, mort en 1733, ne se nourrit que de coquillages. Huppazzoli, mort à Smyrne en 1702, âgé de 114 ans, ne vivait que d'un peu de pain, de potage, de fruits, peu de viande, et, pour boisson, de l'eau de scorsonère : « Vivez chez vous, disait le sophiste Gorgias, et ne fréquentez pas les bonnes tables; vous vieillirez comme moi. » Thomas Parr, l'étonnant Anglais, avait vécu 150 ans de pain, de fromage, de lait et de bière, quand il vint à Londres, et mourut pour avoir changé d'air et amélioré sa nourriture.

La longévité est donc, jusqu'à un certain point, soumise à la raison et à la volonté humaines. J'en prends à témoin Louis Cornaro, centenaire par préméditation, qui recula de 67 ans les bornes de sa vie, par la seule force de sa volonté.

Né d'une grande famille qui fournit des doges à Venise, Cornaro abusa tellement des dons de la fortune et de la nature, qu'à l'âge de 37 ans, usé par l'intempérance et par la débauche, il se voyait condamné à une mort prématurée, quand il prit l'énergique résolution de vivre. Passant tout à coup du désordre et de l'excès à une sobriété inouïe, il restreignit sa nourriture à douze onces d'aliments solides et à quatorze onces de vin par jour. De ce régime sévère, il ne se départit jamais et il en recueillit, non-seulement la santé du corps, mais celle aussi de l'âme. Naturellement irritable, haineux, il acquit une patience et une douceur de mœurs exemplaires, et il s'éteignit à 104 ans, comme une lampe où manque l'huile.

Résumons-nous. Les conditions naturelles de la longévité sont de plus d'une sorte. Pour tous les êtres, la durée de la vie est en rapport direct avec la durée de l'accroissement du corps. Les chances de vie dépendent aussi d'une plus ou moins grande égalité des milieux : les poissons, par exemple, sont plus favorisés à ce point de vue que les êtres vivant dans l'air; le milieu dans lequel ils sont plongés est moins variable.

Enfin, la dose de vitalité originelle est pour beaucoup dans la conservation de la vie.

Noël des Quersonnières, qui, à cent douze ans, lit sans lunettes (1840), entend, a la main assez sûre pour se raser lui-même et le suc gastrique assez abondant pour digérer chaque jour deux kilogrammes de pain sans compter les aliments d'autre nature, est évidemment un centenaire par prédestination.

Mais quels que soient les milieux, quelle que soit la vitalité primordiale, tout être qui aura échappé aux chances de destruction qui menacent les premières années de la vie, pourra prolonger son existence au delà des limites probables à l'aide de cette simple formule : *sobriété*, *modération*, *régularité*.

Voilà la fontaine de Jouvence, la source des longs jours. « Je laisse après moi, disait en mourant Hippocrate, deux grands médecins, la frugalité et la tempérance en toutes choses. » Ne cherchons pas d'autre secret que celui de Cornaro et d'Hippocrate.

E. Brisset.

LA HUPPE

Ce charmant oiseau de passage forme, dans l'ordre si nombreux des Passereaux, un genre distinct, le genre *Upupa* de Linné. Ses caractères principaux sont : un bec comprimé, des narines ouvertes en fente ou arrondies; des ailes courtes et obtuses; des torses nus, écussonnés, à doigts médium et externe inégaux. Le bec est plus long que la tête.

La Huppe porte sur la tête un bel ornement formé d'une double rangée de plumes longues, qui se redressent à volonté. La tête, le cou, le manteau, la poitrine et le ventre sont d'un roux vineux; le bas-ventre et les couvertures supérieures des ailes sont rayés transversalement de blanc et de noir. Les plumes de l'aigrette sont terminées par une tache noire, que précède une tache blanche.

Cet oiseau a reçu son nom, non pas, comme on pourrait le croire, de son élégante aigrette, mais d'une onomatopée qui rappelle son cri : *Houp, houp*. Les Latins l'appelaient *upupa* (prononcez *oupoupa*). Nos paysans l'appellent *pupu*, nom dans lequel on retrouve l'onomatopée primitive, et aussi, dit-on, une allusion à la fétidité du nid, ordinairement placé dans des trous profonds et où s'accumulent les ordures. *Sale comme une huppe*, dit le proverbe.

La Huppe vit solitaire, et se plaît à terre, dans

La Huppe.

les lieux humides. Elle se nourrit de vermisseaux, d'insectes aquatiques ou de scarabées. Sa démarche est grave et gracieuse à la fois. Elle habite surtout les parties méridionales de l'Europe; elle y arrive au printemps, et les quitte en automne, pour retourner dans les chaudes contrées de l'Afrique et de l'Asie. Elle niche dans les crevasses de rochers ou dans des troncs d'arbres. Sa chair, imprégnée d'une odeur de musc, ne saurait passer pour un mets délicat. E. V.

GALERIE DES HOMMES UTILES — GERSON

... Il envoie au prisonnier la Foi, l'Espérance et la Charité (p. 40).

Il est un livre dont Fontenelle a pu dire : « C'est le plus beau qui soit sorti de la main des hommes, puisque l'Évangile n'en vient pas » ; un livre qui s'adresse à tous les âges, à tous les états ; dans lequel l'homme du monde comme le religieux peut trouver les règles de conduite les plus sûres et les plus aimables ; conseiller des affligés, préservatif des heureux de la terre, dispensateur de l'espérance aussi bien que de la résignation, soutien des faibles, guide des forts, lumière du savant et de l'ignorant. Ce livre où, disait saint Ignace de Loyola, l'esprit de Dieu parle à chacun le langage qui lui convient, et qu'on peut ouvrir au hasard, avec la certitude d'y rencontrer une maxime propre aux besoins présents, c'est l'*Imitation de Jésus-Christ*.

Ce livre dont les quelques pages renferment la substance, et pour ainsi parler, la moelle du christianisme, le saint pape Pie V ne s'en séparait jamais; saint Charles Borromée le gardait toujours à son chevet; saint Philippe de Néri y retrempait sa charité si ardente; Bellarmin y découvrait chaque jour quelque vérité nouvelle; saint Vincent de Paul en inspirait sa vie de dévouement et d'humilité. Les sceptiques, les athées eux-mêmes, en ont admiré la simple grandeur, tout en contestant les principes de la religion qu'il interprète. On a vu même des infidèles, professant un culte ennemi du nôtre, placer l'*Imitation de Jésus-Christ* parmi leurs livres sacrés, et un jésuite, au XVIIIe siècle, en trouva un exemplaire en turc dans la bibliothèque du roi de Maroc.

Les premiers maîtres en l'art nouveau de la typographie reproduisirent avec amour ces pages sublimes, et, depuis lors, l'*Imitation*, traduite en toutes les langues, a rempli le monde.

Or, il est arrivé que ce livre a eu la même fortune que la grande épopée de la Grèce naissante. Comme l'*Iliade*, il est devenu, pour ainsi dire, la personnification d'un esprit et d'une époque, tandis que le nom de son auteur restait un mystère. Mais, de même que le grand poëme hellénique est attribué à Homère, de même aussi l'*Imitation* a eu son Homère.

Cet Homère chrétien, c'est Jean Gerson.

Gerson fut-il vraiment l'auteur de ce livre quasi divin, c'est une question aujourd'hui encore controversée par la science. Nous nous contenterons ici d'indiquer les éléments et la solution probable de cette question curieuse. Il nous suffit que l'*Imitation* ait pu, sans invraisemblance, être attribuée à ce grand homme de bien. Gerson, s'il était prouvé quelque jour que sa main n'écrivit pas ces admirables préceptes, n'en serait pas moins un de ces héros de charité dont nous formons dans cette œuvre une lumineuse pléiade.

Jean Charlier Gerson naquit, le 14 décembre 1363, au hameau de Gerson, près de Réthel, dans le diocèse de Reims. Il était l'aîné de douze enfants. Son père, Arnulph ou Arnould Charlier, et sa mère, Élisabeth Lachardenière, pauvres gens ignorants et pieux, élevèrent cette famille si nombreuse dans les saines pratiques d'une vie simple et vertueuse. Le couvent était alors le commun refuge de ces humbles, destitués des biens de la terre. Trois des frères et quatre des sœurs de Jean Gerson embrassèrent la vie monastique.

Quant à lui, le chef futur de cette famille, il fut élevé avec soin. Il fit à Reims ses premières études, y cultiva les lettres et la poésie avec amour, et, en 1377, obtint une bourse au collége de Navarre, à Paris. Il y fit ses études de théologie sous les célèbres professeurs Pierre d'Ailly et Gilles Deschamps, et, après dix ans, obtint le grade de docteur.

C'est alors que, suivant un usage consacré, il quitta son nom de famille pour celui du hameau qui lui avait donné le jour et qu'il devait illustrer.

Il est, dans l'histoire de la France et de l'Église, peu d'époques aussi tristement agitées que celle où vécut Gerson. En France, un roi atteint de folie, une reine assez vile pour vendre son pays à l'étranger, des princes se disputant le pouvoir et désolant le royaume par leurs entreprises armées; sur le trône, un Charles VI: à côté du trône, une Isabeau de Bavière, un duc d'Orléans et un duc de Bourgogne, des Bourguignons et des Armagnacs.

Au dehors, le monde catholique n'offrait pas un plus consolant spectacle; deux et même trois papes se partagent un moment l'Église, prétendant chacun exclusivement à la succession de saint Pierre, se poursuivant mutuellement de leurs anathèmes. La grande unité rompue, la foi chancelante, les mœurs sans règles et sans exemples, la corruption introduite dans le clergé, et déjà Jean Huss et Jérôme de Prague, renouvelant les doctrines de Wiclef et préludant au vaste déchirement qui devait, un siècle plus tard, amener la réforme; tel est, au moment où paraît Gerson, l'esprit de trouble et de dissolution générale qui s'est emparé du monde.

La tâche que s'imposa Gerson fut de rétablir partout l'union et la paix. Sa vie presque entière fut consacrée à ces nobles et pénibles efforts. Vie de luttes sans fin que leur but sanctifie. Gerson est le champion de l'ordre et de l'unité, dans un temps où la vieille unité s'écroule, où l'ordre des sociétés modernes est encore à naître. Il prépare celui-ci, il étaye celle-là. Au milieu des excès de tout genre, sa voix parle au monde de douceur, de modération, de conciliation. Interprète autorisé de la parole divine, il ne se contente pas d'en faire éclater les vérités sublimes, il les met en pratique. Aussi grand que les plus grands, il sait se faire petit avec les petits; il parle aux humbles leur langage et descend des hauteurs de la science et de l'autorité pour instruire le simple d'esprit.

Dès 1387, Gerson, qui n'était encore alors que bachelier, s'était déjà fait remarquer par sa piété et par son savoir. Il avait été appelé à faire partie d'une députation qui alla soutenir, près de Clément VII, la condamnation par l'Université de Paris des doctrines de Jean de Montson sur l'Immaculée

Conception de la Vierge. En 1395, Pierre d'Ailly, alors évêque de Cambrai, désigna Gerson pour son successeur au canonicat de Paris et aux fonctions de chancelier de l'Université. En même temps, par la faveur de Jean Sans-Peur, duc de Bourgogne, Gerson était nommé doyen du chapitre de Bruges.

Le premier soin du nouveau chancelier fut d'obtenir de Charles VI une réforme importante. Jusque-là, les condamnés à mort étaient privés du sacrement de la Pénitence. Le juge, le vainqueur, pourrait-on dire, car le jugement n'était le plus souvent que la loi du plus fort, avait l'atroce prétention de poursuivre le condamné au delà de la mort. Il ne se contentait pas de tuer le corps, il voulait aussi tuer l'âme. C'est à Gerson qu'est due l'abolition de cette coutume barbare, et c'est depuis son intervention vraiment chrétienne, que le condamné doit être assisté d'un confesseur et peut, derrière le châtiment, entrevoir l'espérance.

En 1400, Gerson chercha aussi à réformer l'enseignement théologique. Les subtilités infinies de la scolastique avaient choqué cet esprit droit et sain. Un des premiers il plaida la cause de la simplicité. Il composa en français, rare condescendance chez un savant d'alors, une série de livres élémentaires pour l'instruction du peuple, pour les *simples gens*, comme il dit. Il s'en excuse en ces termes : « Aucuns pourront se donner merveilles pourquoy de matière haulte comme est de parler de sa vie contemplative, je veuil escripre en françois, plus que en latin, et plus aux femmes que aux hommes, et que ce n'est matière qui appartiengne à simples gens sans lettres. A ce je respons que, en latin, cette matière est donnée et traittée très-excellemment ès divers livres et traitiez des saints docteurs... Si peuvent avoir clercs qui sçavent le latin, recours à tels livres; mais aultrement est de *simples gens*, et par espécial de mes sœurs germaines, auxquelles je veuil escripre de cette matière et de cette vie. »

C'est quelque chose de nouveau que cet amour de la raison droite et simple. Le XIVe siècle vient de finir; le grand siècle de la renaissance de l'esprit humain s'ouvre à peine, qu'un homme, placé à la tête des intelligences de son temps, plaide la cause du bon sens et de la science vulgaire, du haut de ce siége universitaire où trop longtemps s'est assis le sphinx, cette chimère des scolastiques, qui, pour parler leur langage, *bombinait dans le vide*. « Il faut, dit, le premier, Gerson, rompre ces toiles d'araignées, dont les fils inextricables s'embarrassent et se brisent d'eux-mêmes dans leur entrelacement... Les enseignements de la sagesse doivent être forts et solides, frapper par leur clarté plutôt qu'étonner par leur vaine subtilité... Le beau travail que d'écrire en lettres microscopiques l'*Iliade* d'Homère et de la faire tenir dans la coque d'une noisette ! Il faut s'appliquer à ÊTRE UTILE et non à surprendre l'admiration. » (Sermon en latin pour le jour de la septuagésime.)

ÊTRE UTILE, ce fut là le mot de toute sa vie. Mais le principe vivifiant de cette maxime de conduite, chez Gerson, c'est la charité chrétienne, c'est l'amour profond de Dieu et de la créature. C'est là qu'il faut chercher la source toujours fraîche et abondante de sa raison simple et lumineuse. Le bon sens, en lui, vient d'un cœur religieux.

Aussi, sera-t-il le premier parmi les membres fidèles de l'Église à flétrir les abus, à signaler la corruption qui ronge le cœur de la société chrétienne. En même temps qu'un Jean Huss et qu'un Jérôme de Prague, cent ans avant un Luther, il rappelle les chefs de l'Église et les ministres de Jésus-Christ à la simplicité et à la vertu. Mais, plus sage que ces réformateurs, il veut guérir, non détruire. Il ne calomnie pas l'œuvre de Dieu parce qu'elle a été corrompue par les hommes.

A son retour de cette première visite qu'il a rendue à la papauté d'Avignon, simple bachelier, modeste sermonnaire, il ose déjà dire ce qu'il a vu ; mais s'il raconte les vices de l'Église, ce n'est pas avec les accents de la haine et de la révolte, c'est avec la douleur et la tristesse de l'homme pieux que le mal afflige et que l'impureté scandalise.

« Toute tête, dit-il dans un admirable langage, est courbée par la douleur, tout cœur brisé par l'affliction ; depuis la plante du pied jusqu'au sommet de la tête, il n'y a rien dans cette Église qui ne soit malade; dans cette Église, dis-je, dont les fondements sont sur vous, montagnes saintes, et que vous avez, au prix de votre sang et par votre mort, consacrée, étendue, cimentée. Vous la voyez maintenant sans défense, misérable, ignominieusement déchirée et mise en lambeaux, au point qu'il n'y a plus de secours humain à espérer pour son salut.» (Sermon en latin pour tous les Saints.)

Ce n'était même plus seulement une corruption des mœurs qui attristait et inquiétait les amis de l'Église, c'était déjà un commencement visible de dissolution. Ce corps, dont l'unité est l'essence, avait deux têtes*: deux papes se disputaient la chaire de saint Pierre, et la chrétienté ne savait où trouver l'élu véritable, à Rome ou à Avignon.

Ce schisme déplorable, qui désola l'Église pendant soixante et onze ans et prépara les grandes séparations du XVIe siècle, avait commencé en 1378, à la mort de Grégoire XI. Urbain VI et Clément VII donnèrent les premiers ce douloureux spectacle de l'unité perdue. A la mort de Clément VII, Pierre de Luna fut élu à la hâte sous le nom de Benoît XIII, et, malgré ses promesses, ne fit rien pour mettre fin au schisme. L'Université de Paris, ce corps puissant, moitié laïque, moitié clérical, entreprit l'œuvre d'union et de pacification. Sous son inspiration, le clergé de France s'assembla solennellement et le Parlement enregistra un édit de soustraction à l'obédience de Benoît.

C'était répondre au désordre par la violence. Gerson, malheureusement, n'assistait point à ce synode et n'avait pas su diriger ses actes dans les voies de la modération et de la conciliation. La hauteur des fonctions qu'occupait Gerson ne l'abusait pas sur l'influence qu'il pouvait exercer. La vertu toute simple n'a pas, d'ordinaire, en ce monde, la puissance d'action qu'y obtient l'intrigue. Sincère avec tous, Gerson était sévère pour les siens comme pour lui-même ; ce n'est pas ainsi qu'on devient chef de parti. Aussi, poursuivi par de sourdes calomnies, forcé trop souvent de reconnaître son impuissance à faire le bien, ce grand cœur se sentait quelquefois saisi d'un dégoût profond, d'un découragement immense.

C'est dans un de ces moments qu'il écrivit à son maître, d'Ailly : « Le corps entier de la chrétienté est tellement envahi par le poison débordant des péchés, l'iniquité s'est établie et a poussé de si profondes racines dans le cœur des hommes, qu'il semble qu'on ne puisse plus se fier aux secours et aux conseils de la prudence humaine... Les censures ecclésiastiques n'y font rien, il faudrait invoquer la puissance royale armée d'édits rigoureux. »

Gerson écrivant l'*Imitation*.

Toutes ces amertumes eussent déterminé Gerson à résigner ses fonctions de chancelier, si le sentiment d'un grand devoir à remplir ne l'avait retenu sous cette lourde chaîne. Son protecteur, le duc de Bourgogne, le pressait, en outre, de garder une charge qu'en ces temps difficiles nul ne pouvait mieux remplir.

Gerson se résigna. A partir de ce moment, il triompha de ses dégoûts, qu'il se reprochait comme une faiblesse, et il ceignit ses reins pour la lutte. Lutte étonnante, admirable, dont le seul objet est la paix ! La paix, son âme en a soif, car la paix doit rendre au monde le bonheur et la foi. *La paix, la paix, vive la paix ; je veux la paix ; je désire une chose par-dessus toutes, la paix.* C'est ainsi qu'il parle à l'astucieux Benoît.

Ce dernier, cependant, nonobstant l'édit de soustraction d'obédience, se cramponnait à son siége d'Avignon. Le duc d'Orléans et l'université de Toulouse le soutenaient dans sa lutte contre le duc de Bourgogne et l'Université de Paris. En vain les cardinaux l'abandonnaient, en vain le maréchal de Boucicault l'assiégeait dans Avignon, rien ne l'ébranlait. Placé par sa sagesse au milieu des partis extrêmes, Gerson regrettait la précipitation des fauteurs de l'édit, l'obstination des fauteurs du schisme. Il allait droit à travers toutes ces intrigues, prêchant le désarmement et répétant avec saint Jean : « Aimez-vous les uns les autres. »

Sujet éternel de raillerie pour l'habileté mondaine, d'admiration respectueuse pour la saine raison, que cette naïveté de la charité.

Un moment, la pensée modératrice du chancelier l'emporta. L'Université de Paris envoya à Benoît une ambassade dont le chancelier lui-même était le chef. Si un appel à la bonne foi, à l'esprit de paix, au respect de la religion, à l'oubli des injures, pouvait faire taire une fois en ce monde la voix secrète de l'ambition, Gerson eût, par ses paroles brûlantes de charité, ramené la paix et l'unité dans l'Église.

Dans ce grand péril qui menaçait la foi, le chancelier n'avait vu de remède que dans la réunion d'un concile général, appelé à rétablir l'union. Gerson avait raison, mais il eut le tort de ne parler qu'au nom d'un intérêt général ; il eut le tort plus grand encore de dire aux deux partis des vérités trop méritées. La papauté était scindée, douteuse, chancelante ; on accusa Gerson de révolte contre l'infaillible. Il lui fallut se justifier auprès du duc d'Orléans et repousser des calomnies nouvelles.

Ses efforts, cependant, n'étaient pas restés sans fruit. Benoît avait consenti à négocier avec Boniface ; celui-ci, à son tour, repoussa toute pensée de conciliation. Sur ces entrefaites, Boniface IX mourut. Les cardinaux romains perpétuèrent le schisme par l'élection précipitée d'Innocent VII. Gerson en versa des larmes ; la paix du monde était encore ajournée.

Il leur enseignait à lire (p. 39.)

L'état intérieur de la France n'était pas pour le consoler. Les princes, divisés, se disputaient le pouvoir. Le chancelier, bien que protégé par l'un d'eux, ne prenait parti que pour la justice. Lui seul pensait au peuple, toujours oublié ; au peuple, victime ordinaire de ces luttes des grands. « L'Université, disait-il avec cette hardiesse singulière et pleine de simplicité qui le caractérise, l'Université voit en plusieurs lieux oppression du peuple pour justice, violence pour miséricorde, rapine pour protection, destruction pour soustenance... A brief dire, elle voit honteuse et misérable dissipation de ce royaume... En face de ce spectacle, la fille des rois s'écrie, au milieu des pleurs et des soupirs : « Vive le roi ! »

Loyauté perdue, partant plus admirable encore. Cette vertu gênante, vivante satire des vices du temps, eût suscité à Gerson des dangers sérieux, si tout à coup la situation de l'Église ne s'était exaspérée de façon à réclamer tous les efforts de l'Université et du royaume. En 1406, Innocent VII mourut, et Grégoire XII, élu à sa place, parut disposé à des concessions. L'Université, représentée par Gerson, proposa sa médiation avec joie. Mais les deux papes luttaient de ruses et de mauvaise foi. Il fallut reconnaître qu'aucun accord n'était possible. Alors la France menaça d'embrasser la neutralité. Benoît répondit par une excommunication lancée sur Charles VII et par la mise en interdit du royaume. Benoît vit lacérer ses bulles et fut chassé d'Avignon. Ses cardinaux, réunis à Livourne à ceux de l'autre obédience, convoquèrent, dans Pise, un concile pour le 25 mars 1409.

En même temps, un crime audacieux frappait la France de terreur. L'assassinat du duc d'Orléans venait de rendre Jean Sans-Peur maître absolu dans Paris ; mais ce meurtre allait donner le signal d'une guerre civile affreuse, celle des Bourguignons et des Armagnacs. Un cordelier, docteur de l'Université, écrivain aux gages du duc de Bourgogne, Jean Petit, osa soutenir, dans un discours resté célèbre, qu'il est permis de tuer un tyran.

« Laquelle chose, dit un contemporain, Juvenal des Ursins, semblait bien estrange à aucunes gens notables et clercs ; mais il n'y eust eu si hardy qui en eust osé parler, au contraire. »

Un homme se trouva, cependant, qui, au milieu de cette universelle lâcheté, osa rappeler la parole divine : Tu ne tueras point. Politique profond autant que chrétien, il montra ce que serait une société où chacun se ferait juge d'autrui, où les chefs seraient incessamment sous le coup de sentences que chacun pourrait porter et exécuter lui-même.

Ainsi toujours, pour Gerson, les vérités éternelles de la foi et de la raison passaient avant les intérêts particuliers.

Le concile de Pise avait vu proclamer la déchéance des deux compétiteurs de la papauté. Un pontife nouveau fut nommé, Alexandre V, de qui Gerson crut obtenir, en retour de son élection, la réforme de l'Église. Il n'avait pas même obtenu l'unité. Au lieu de deux papes, il y en avait trois.

Tandis que le schisme se perpétuait, le royaume de France était de plus en plus troublé. Une faction bourguignonne, les Cabochiens, faisait trembler Paris, et les bouchers de l'écorcheur Simon Caboche régnaient en maîtres sur la capitale. L'Université courba la tête sous cette domination brutale. Seul, Gerson se refusa à subir la loi du plus fort. Le courage civil, comme tous les vrais courages, a sa source dans la vertu. Le chancelier, plutôt que de se soumettre à l'emprunt forcé levé par les tyrans populaires, laissa piller son hôtel et se cacha, comme un malfaiteur, dans les voûtes de Notre-Dame.

Le duc de Bourgogne enfin chassé de Paris, la voix de Gerson prêcha la clémence aux vainqueurs, mais sans abandonner la procédure qu'il avait fait entamer contre les doctrines régicides de Jean Petit. Le livre du cordelier fut livré aux flammes et sa doctrine solennellement condamnée. Le duc de Bourgogne en appela à la cour de Rome ; là, la vérité était absente : le jugement de Paris fut infirmé. Gerson tint bon. Sa loyauté, son respect de la puissance établie, lui commandaient de flétrir hautement une doctrine dangereuse et un prince révolté qui avait cherché dans une populace immonde un appui contre son roi.

En cette occasion, Gerson caractérisa en quelques paroles remarquables la tyrannie populaire. « Tout le mal, dit-il, est venu de ce que le roi et la bonne bourgeoisie ont été en servitude par l'outrageuse entreprise de gens de petit état... Dieu l'a permis afin que nous connussions la différence qui est entre la domination royale et celle d'aucuns populaires, car la royale a communément et doit avoir douceur, *celle du vilain est domination tyrannique et qui se détruit elle-même.* »

Un dernier effort de conciliation allait être tenté à Constance ; un concile se réunit dans cette ville, à la fin de l'année 1414. Gerson y parut comme représentant à la fois du roi de France, de l'église de Sens et de l'Université de Paris. Il y fit, à force d'éloquence et d'énergie, adopter cette maxime que le concile général tient immédiatement sa puissance de Jésus-Christ et a droit à l'obéissance de tous les chrétiens. Cette maxime, populaire en ces temps de division, fut appliquée en même temps, et aux papes qui furent déposés, et aux révoltés comme Jean Huss et Jérôme de Prague.

Gerson fut moins heureux dans sa poursuite de la condamnation de Jean Petit. Le voisinage du duc de Bourgogne, allié de Henri V, vainqueur à Azincourt, pesait sur les consciences timorées des juges, et l'argent bourguignon remplissait leurs mains vénales. L'Université elle-même abandonnait son chancelier. Le concile n'osa se prononcer ouvertement contre le régicide.

Enfin, le 11 novembre 1417, le but principal de Gerson, l'extinction du schisme, fut atteint par l'élection du pape Martin V ; mais il lui fallut renoncer à atteindre les deux autres, la réformation de l'Église et la condamnation du régicide. Brisé par ces longues luttes, triste, découragé, Gerson regarda autour de lui. Les Bourguignons, redevenus maîtres de Paris, y exerçaient d'atroces vengeances. Sa vie y eût été menacée. Il prit la robe du pèlerin et s'enfonça dans les montagnes de la Bavière et dans les forêts du Tyrol. A Vienne, l'illustre exilé fut accueilli par le duc Frédéric d'Autriche, qui s'empressa de le nommer professeur de son université.

C'est pendant ce séjour en Allemagne, dans le monastère de Rathemberg ou dans l'abbaye de Mœlch, que Gerson aurait composé ce livre sublime, l'*Imitation de Jésus-Christ*.

Un critique distingué, mais dont le scepticisme s'accommode mal de cette idée qu'un chancelier de l'Université ait pu composer le livre chrétien par excellence, M. Renan, croit que le livre n'est pas de Gerson. Une des raisons qu'il en donne est celle-ci : « L'auteur de l'*Imitation* avait goûté le monde, mais tout porte à croire que de bonne heure il se retira de la vie. »

M. Michelet a mieux compris, à notre sens, le tour d'esprit particulier à Gerson et la disposition de cette âme si grande et si douce en présence des intérêts égoïstes de ce monde. « On croirait plutôt, dit fort bien M. Michelet, que si l'âme s'est détachée si parfaitement des choses d'ici-bas, c'est qu'elle s'en est vue délaissée. Je ne vois pas seulement ici la mort volontaire d'une âme sainte, mais un immense veuvage et la mort d'un monde antérieur. Ce vide que Dieu vient remplir, c'est la place d'un monde social qui a sombré tout entier, corps et biens, Église et patrie. »

« Est-il un homme, dit M. Aubé, est-il un temps auquel cela s'applique mieux qu'à Gerson et au temps du schisme et d'Azincourt? »

D'ailleurs, au plus haut de sa fortune, Gerson avait gardé cette puissance de méditation solitaire, cet amour du silence religieux, dont l'*Imitation* est partout imprégnée. La fin de la vie de Gerson n'est pas, autant qu'on a voulu le croire, contradictoire avec son milieu. Rendu à sa patrie, en 1419, par la mort du duc de Bourgogne, il se retira à Lyon, dans un couvent de Célestins dont Jean, un de ses frères, était prieur. Là, il passa doucement, obscurément, les dernières années de sa vie à l'ombre d'un cloître. Mais là encore, comme sur le siége universitaire, il ne chercha pas un égoïste repos. Il employait le reste de ses forces à composer des traités consolateurs pour ceux qui avaient souffert comme lui; surtout il aimait à s'entourer de petits enfants, se rappelant la parole du maître qui a dit: « Laissez venir à moi les petits. » — « C'est par les enfants, disait-il, que doit commencer la réformation de l'Église », et il leur enseignait à lire. Quel spectacle! L'homme qui, naguère, dirigeait le plus grand corps enseignant qui ait jamais existé; l'homme qui marchait l'égal des rois et des papes, se faisant aujourd'hui le maître d'école des petits mendiants de Lyon! Pour toute récompense de ses fatigues, il apprenait à ces pauvres petits à répéter cette prière: « Mon Dieu, mon créateur, ayez pitié de votre serviteur Jean Gerson. »

C'est au milieu de ces dévouements obscurs, de cette humilité toute chrétienne, que mourut, à soixante-sept ans, dans un cloître ignoré, celui qui avait régné quelque temps, pour ainsi dire, qui avait représenté une des institutions les plus puissantes du moyen âge, qui avait conseillé, dirigé, combattu des rois et des papes. La sainteté cachée de sa mort rehausse encore cette vie éclatante, consacrée tout entière à rétablir l'ordre dans l'Église et dans la société.

On grava sur sa tombe un mot qui résume cette vie si grande et si utile, si chrétienne dans la grandeur comme dans l'humilité: *Sursum corda!* « mot qui, dit M. Michelet, efface en lui tout ce qui ne fut pas de Dieu. Heureux qui mérite un tel mot parmi les misères de notre nature! »

Gerson a-t-il vraiment composé l'*Imitation de Jésus-Christ?*

Cette question, importante sans doute au point de vue de la science, n'a pour nous qu'un intérêt secondaire. Gerson, seul parmi ceux de ses contemporains qui ont marqué dans la vie publique, pouvait écrire un tel livre. La tradition primitive le lui donne; il est difficile d'y voir, comme le voudrait M. Michelet, une œuvre impersonnelle, successive, l'épopée intérieure de la vie monastique. La plupart des manuscrits du temps portent le nom de Gerson, quelques-uns seulement celui d'un Gersen dont l'existence n'a pu être prouvée. On a trouvé, il est vrai, à Louvain, un manuscrit du XVe siècle, contenant les quatre livres de l'*Imitation*, et se terminant par cette formule:

Finitus et completus per manus fratris Thomæ a Kempis.
Anno 1441.

« Fini et parachevé par les mains du frère Thomas à Kempis, année 1441. »

Ce Thomas à Kempis, chanoine régulier de Mont-Sainte-Agnès, près de Zwoll, semble n'avoir été qu'un copiste, et sa formule se retrouve au bas de copies bien avérées.

L'essentiel pour nous, c'est que la doctrine de l'*Imitation* concorde avec la vie tout entière de Gerson; c'est que le détachement parfait du monde qui s'y fait sentir soit comme un écho de la retraite de Lyon. Dans le chancelier, comme dans l'écrivain mystique, même mort volontaire, même dégoût des choses terrestres, même haine des subtilités, même amour de la simplicité, dont la source est en Dieu même.

L'auteur de l'*Imitation* dit saint François de Salles, *c'est le Saint-Esprit*. Il y a, en effet, comme dit M. de Lamennais, « quelque chose de céleste dans la simplicité de ce livre prodigieux. On croirait presque qu'un de ces purs esprits, qui voient Dieu face à face, soit venu nous expliquer sa parole et nous révéler ses secrets. On est ému profondément à l'aspect de cette douce lumière qui nourrit l'âme et la fortifie, et l'échauffe sans la troubler ».

On y sent une science profonde de l'homme et de ses misères; mais l'auteur ne se contente pas de broyer l'orgueil humain, et de le rejeter, désespéré, sur la terre; à côté du mal, il place le remède. Il nous montre notre impuissance, mais pour s'en emparer doucement et la conduire à la perfection. De là, dit encore M. de Lamennais,

« ce calme ravissant, cette paix inexprimable qu'on éprouve en lisant... avec une foi docile et un humble amour. Il semble que les bruits de la terre s'éteignent autour de nous. Alors, au milieu d'un grand silence, on n'entend plus qu'une seule voix qui parle du sauveur Jésus et nous attire à lui comme un charme irrésistible. »

« Il faut, dit l'*Imitation,* que, pour un peu de temps, l'on soit abaissé, humilié, anéanti devant les hommes, afin de se relever à l'aurore d'un jour nouveau, et d'être environné de splendeur dans le ciel. » (L. III, c. 1.)

Un jour de l'année 1794, un homme qui s'était distingué entre tous les philosophes du temps par l'exagération de ses doctrines subversives, et que son patriotisme bruyant n'avait pu sauver de la persécution, le critique Labarpe attendait, dans un cachot, l'arrêt de ses ennemis.

« J'étais dans ma prison, raconte-t-il lui-même, seul, dans une petite chambre, et profondément triste depuis quelques jours; j'avais lu les Psaumes, l'Évangile et quelques bons livres. Leur effet avait été rapide, quoique graduel. Déjà j'étais rendu à la foi, je voyais une lumière nouvelle; mais elle m'épouvantait et me consternait en me montrant un abîme, celui de quarante années d'égarement. Je voyais tout le mal et aucun remède: rien autour de moi qui m'offrît les secours de la religion. D'un autre côté, ma vie était devant mes yeux, telle que je la voyais au flambeau de la vérité céleste; et de l'autre, la mort, la mort, que j'attendais tous les jours, telle qu'on la recevait alors. Le prêtre ne

Le monastère de Rathemberg.

paraissait plus sur l'échafaud pour consoler celui qui allait mourir; il n'y montait plus que pour mourir lui-même. Plein de ces désolantes idées, mon cœur était abattu, et s'adressait tout bas à Dieu que je venais de retrouver et qu'à peine connaissais-je encore. Je lui disais: que dois-je faire? Que vais-je devenir?

« J'avais sur une table l'*Imitation*, et l'on m'avait dit que, dans cet excellent livre, je trouverais souvent la réponse à mes pensées. Je l'ouvre au hasard et je tombe, en l'ouvrant, sur ces paroles: *Me voici, mon fils! je viens à vous parce que vous m'avez invoqué.*

« Je n'en lus pas davantage. L'impression subite que j'éprouvai est au-dessus de toute expression, et il ne m'est pas plus possible de la rendre que de l'oublier. Je tombai la face contre terre, baigné de larmes, étouffé de sanglots, jetant des cris et des paroles entrecoupées. Je sentais mon cœur soulagé et dilaté, mais en même temps comme prêt à se fondre. Assailli d'une foule d'idées et de sentiments, je pleurai assez longtemps, sans qu'il me reste d'ailleurs d'autre souvenir de cette situation, si ce n'est que c'est, sans aucune comparaison, ce que mon cœur a jamais senti de plus violent et de plus délicieux; et que ces mots: *Me voici, mon fils!* ne cessaient de retentir dans mon âme et d'en ébranler puissamment toutes les facultés. »

Et maintenant, est-ce Gerson, est-ce l'Esprit-Saint lui-même qui fait sortir ainsi la consolation de la douleur, la résignation du désespoir, et qui envoie au prisonnier ces trois vertus vivifiantes la Foi, l'Espérance et la Charité?

FOUQUIER.

LE CHATEAU DE SCHŒNBRÜNN

Lorsqu'on sort de la capitale de la monarchie autrichienne par le faubourg de Mariahilf et qu'on se dirige vers la vallée que forme la petite rivière la Vienne, dont la ville des modernes Césars a reçu le nom, rien n'annonce d'abord qu'on approche du palais favori d'un empereur puissant. Mais peu à peu la campagne et les villages prennent cet air de fête et de prospérité qu'en Allemagne surtout les demeures royales répandent autour d'elles, et bientôt une longue avenue attire les regards vers le château de Schœnbrünn, qui s'élève au fond de la vallée.

Schœnbrünn, dont le nom signifie *belle fontaine,* comme celui de notre Fontainebleau, n'était en-

Il s'appelait Reichstadt (p. 43.)

core, au milieu du XVIIe siècle, qu'un lieu de halte et de repos, servant aux rendez-vous de chasse des princes de la famille impériale ; mais quelques empereurs l'ayant pris dans la suite en faveur, y firent faire de vastes plantations, et le parc était déjà devenu, en 1683, assez remarquable pour mériter d'être ravagé par les Turcs à leur première apparition sous les murs de Vienne. L'empereur Léopold Ier, après avoir réparé les dévastations commises par les barbares, choisit Schœnbrünn pour y faire bâtir un palais qu'il destinait à son fils l'archiduc Joseph. Commencé en 1690, sur les plans de l'habile architecte Fischer, et construit sous sa direction, ce château de Schœnbrünn fut achevé en 1700, et inauguré par des fêtes splendides et par de brillants tournois. Devenu empereur en 1705, à la mort de son père, Joseph Ier, dont les quatre cent quinze chambellans qu'il entretenait à sa cour, comme roi des Romains et comme empereur d'Allemagne, indiquent assez les goûts fastueux, fit exécuter quelques travaux à son château de Schœnbrünn ; mais ce fut surtout sous l'impératrice reine Marie-Thérèse, que le noble palais impérial s'agrandit et s'embellit. Marie-Thérèse le préférait à toute autre maison de plaisance, elle l'adopta même presque exclusivement pour sa résidence d'été ; aussi quelques-uns de ces innombrables ouvriers qu'elle employait de toutes parts à creuser des ports et des canaux, à ouvrir des routes, à créer des manufactures, à fonder des palais pour les sciences, les lettres et les arts, ne cessèrent-ils, de 1744 à 1750, de travailler sous ses yeux à Schœnbrünn. Toutefois, avare de ses trésors qu'elle réservait pour les besoins publics, l'impératrice avait recommandé avant tout l'économie à son architecte Paccasi. Celui-ci ne put donc point faire table rase ; force lui fut au contraire de conserver l'œuvre de son devancier Fischer et de se contenter de la modifier, de la développer, d'y ajouter. Le vieux château devint le principal corps de bâtiment du palais nouveau, qui n'a subi depuis lors que de légères modifications. Étant ainsi le résultat de deux pensées et de deux époques, l'édifice ne pouvait manquer de présenter des différences dans le style et des irrégularités de détail ; mais ces défauts partiels ne nuisent point à l'effet général de l'ensemble et n'altèrent point le caractère grandiose de sa masse imposante et majestueuse. On a appelé Schœnbrünn le Versailles de Marie-Thérèse.

Disposé et orné dans les limites de ces mêmes prescriptions économiques, l'intérieur du château de Schœnbrünn est riche sans magnificence, élégant sans recherche. Des tapis, des porcelaines de Chine, des glaces, des lustres, beaux produits des célèbres manufactures de la Bohême, sont les principales décorations des appartements, dont les proportions, d'ailleurs, et la distribution n'ont rien que d'assez vulgaire. Les peintures, médiocres de composition et d'exécution, sont dues pour la plupart à Guglielmi, qui a peint la coupole de la grande salle de l'université à Vienne ; à Rosa, directeur de la galerie du Belvédère, et au Suédois Martin de Meytens. Les tableaux de ce dernier, représentant le mariage de l'empereur Joseph II avec la princesse de Parme, des tournois et des distributions faites par Marie-Thérèse de son ordre de Saint-Étienne, offrent quelque intérêt en ce que les figures sont presque toutes des portraits de personnages historiques. Entre les rares morceaux de sculptures qui ornent l'intérieur de Schœnbrünn, on ne remarque guère que les bustes en albâtre de l'empereur François Ier, dont Marie-Thérèse, sa veuve, porta le deuil pendant quinze ans, et de l'étrange Joseph II, que Frédéric de Prusse nommait *mon frère le sacristain*. Une belle cheminée d'albâtre, offerte à Joseph II par le pape Pie VI, en rappelant le séjour du souverain pontife à Schœnbrünn, rappelle aussi que l'empereur, en dépit de son surnom de sacristain, ne se montra que peu reconnaissant du si rare honneur d'une pareille visite.

Le palais de Schœnbrünn est placé entre cour et jardin. La cour assez simple est seulement décorée de groupes représentant le Danube, l'Inn et l'Enns, fleuves qui fertilisent l'Autriche, et de deux fontaines en obélisques ; mais le jardin, un des plus riches de l'Europe, est le titre populaire de Schœnbrünn à la célébrité. Comme le goût du jardinage se transmet, pour ainsi dire, héréditairement dans la famille impériale, le parc de Schœnbrünn a été, plus encore que le château lui-même, l'objet d'une constante sollicitude. Marie-Thérèse le recommanda particulièrement à Paccasi, et l'architecte-jardinier le distribua avec goût et élégance. Ce parc s'embellit et s'enrichit encore par les soins des successeurs de la grande impératrice, et il est enfin devenu, entre les mains de l'empereur François Ier, une des merveilles autrichiennes les plus justement signalées à l'admiration des visiteurs. L'accroissement qu'a reçu le jardin, dessiné à la hollandaise, les conquêtes qu'il a faites sur les flores étrangères, les magnifiques serres dont il est pourvu, tout est dû à l'empereur François qui maniait lui-même la serpette et la bêche. « En entrant, dit un voyageur, dans ces serres les plus vastes qui existent, on pourrait facilement se croire transporté au milieu des forêts de l'Amérique, tant la végétation y est belle et imposante. L'illusion est d'autant plus complète, qu'au milieu des bambous, des palmiers, des cannes à sucre, volent les oiseaux des tropiques qui peuvent aussi croire, en se voyant entourés des arbres où ils s'étaient mille fois reposés, n'avoir point quitté la terre natale. »

Indépendamment de ces serres, le jardin possède encore une belle ménagerie, une pièce d'eau décorée des images de Neptune et de Thétis qu'entourent leurs courtisans, Tritons, Néréides, chevaux et monstres marins ; de nombreuses statues disposées en groupes ou isolées ; un arc de triomphe dégradé, pompeusement appelé la *Ruine ;* un obélisque dit égyptien, posé sur quatre tortues dorées, surchargé d'hiéroglyphes et surmonté d'un aigle aux ailes étendues, et enfin, sur une hauteur, un pavillon nommé la *Gloriette*. Ce petit nom, d'une légèreté toute française, contraste singulièrement avec les proportions lourdes, massives et sans grâces du monument qui le porte. Mais l'immense panorama qu'embrassent les regards du haut de ce belvédère est d'une magnificence sans égale. Après s'être promené sur Vienne et sur ces édifices multipliés, sur les îles du Danube et sur les plantations vigoureuses qui couvrent ses bords, l'œil s'égare dans les vastes plaines de la Hongrie et s'arrête au loin sur des montagnes dont les cimes peu à peu grandissantes forment le cadre du tableau.

D'imposants souvenirs se rattachent au palais de Schœnbrünn. Comme Louis XIV dans Versailles, Marie-Thérèse y répand encore tout l'éclat de son grand nom. Ce n'est pas sans émotion et sans respect que l'on pénètre dans le cabinet de verdure dont elle avait fait son cabinet de travail, et que l'on contemple le banc où, assise avec son confident le prince Kaunitz, elle mettait en balance les intérêts de l'Europe. Un autre nom évoqué dans Schœnbrünn frappe aussi puissamment l'imagination. Deux fois (en 1805 et en 1809) un soldat de fortune, fait empereur des Français par la victoire, parut et commanda un moment en maître dans le palais des empereurs d'Allemagne. Ce fut dans Schœnbrünn que Napoléon imposa la paix à l'Autriche, le 14 octobre 1809; ce fut là qu'il vit Marie-Louise pour la première fois.

Le 22 juillet 1832, une scène étrange se passait à Schœnbrünn. Dans ces lieux mêmes où, vingt-trois ans auparavant, Napoléon dictait des lois à

Vue générale de Schœnbrünn.

l'Europe et imposait à l'Autriche vaincue l'alliance du vainqueur, un jeune homme expirait. Ce jeune homme, presque un enfant (il n'avait que vingt et un ans), entouré sur son lit de mort d'officiers autrichiens, et qui, d'une voix affaiblie par la mort prochaine, murmurait, en allemand, une prière suprême, c'était le fils du dictateur de l'Europe, mort depuis onze ans lui-même dans sa prison de Sainte-Hélène.

Le fils de Napoléon le Grand, cet enfant annoncé à la France, le 20 mars 1811, par les tonnerres joyeux des Invalides, proclamé dès son berceau roi de la ville éternelle, et qui semblait destiné à recueillir un jour le plus vaste héritage que prince ait laissé à son successeur depuis Alexandre et Charlemagne, ne portait pas même à Schœnbrünn le nom de son père. Il s'appelait Reichstadt, nom d'une petite principauté de la Bohême. Il avait eu pour précepteurs des Autrichiens, un comte de Dietrichstein, un chevalier de Prokesch. A peine s'il savait, par quelques indiscrétions de don Miguel, et par quelques conversations du maréchal Marmont, de quel sang héroïque il était sorti. Sa jeunesse s'était écoulée, calme, docile, comprimée, entre les solennelles réceptions de Vienne et la vie plus retirée, mais plus libre de Schœnbrünn. Il aimait ces beaux arbres, ces belles eaux, sans rien désirer de plus en ce monde. Il était colonel d'un régiment autrichien qu'il n'avait jamais vu, et gouverneur de la ville de Grætz qu'il n'avait jamais visitée. Il faut rejeter parmi les légendes ces prétendues aspirations du fils de Napoléon vers la gloire paternelle et les calomnies ridicules propagées sur sa mort. La Locuste viennoise n'a jamais existé que dans l'imagination des poëtes qui écrivirent les vers ronflants du *Fils de l'homme;* et celui qui mourut à Schœnbrünn, le 22 juillet 1832, n'était pas un aiglon en cage, mais un prince autrichien, doux et ignorant, s'éteignant de consomption au milieu des siens.

A la même époque, on rencontrait aussi souvent sous les vastes ombrages du parc de Schœnbrünn, une autre figure intéressante, singulièrement dénaturée par la passion politique. C'était un homme petit, à l'air vulgaire, au langage trivial. Cet homme, qu'entouraient tous les respects, n'était rien moins que l'empereur d'Autriche, François Ier. Nul, avec d'aussi bonnes intentions, avec des

François Ier à Schœnbrünn.

vertus privées aussi aimables, n'a mieux réalisé le triste idéal du souverain absolu. Adoré de ses sujets, qui ne le nommaient que *notre Frantz*, il a cependant pris dans l'histoire les proportions d'un geôlier, d'un tourmenteur des corps et des intelligences. Cet homme, si bon et si simple, a porté la peine du pouvoir absolu; la souveraineté était, à ses yeux, une mission divine, et qui osait s'élever contre lui insultait Dieu même dans son image. « Il s'agit de servir l'empereur, dit, dans la tragédie de Schiller, Octave Piccolomini, s'apprêtant à commettre un crime. » Il s'agit de servir Dieu et de faire respecter l'autorité, telle fut la maxime de l'hôte impérial de Schœnbrünn. G. L.

L'ARC DE GAILLON

A neuf lieues environ au sud-est de Rouen, sur la rive gauche de la Seine, et tout auprès des bords du fleuve, s'élevait, dès le XIIe siècle, un château fort, du nom de Gaillon. Philippe-Auguste, après avoir confisqué la province de Normandie sur le roi d'Angleterre, avait octroyé la châtellenie de Gaillon à l'un de ses officiers. Revenu plus tard à la couronne, Gaillon en avait été détaché de nouveau, en 1262, par saint Louis, et donné à Odon-Rigault, archevêque de Rouen, qui suivit le monarque en Terre-Sainte. Odon avait cédé, en échange, quelques moulins, et payé en outre 4,000 livres. Depuis ce temps, le château de Gaillon fit partie des domaines de l'archevêché de Rouen, et servit de maison de plaisance aux archevêques.

Pendant l'invasion des Anglais, sous le règne désastreux de Charles VI, au commencement du XVe siècle, l'archevêque de Rouen, Louis d'Harcourt, prince du sang royal, ayant refusé obéissance au roi d'Angleterre, les biens temporels de l'archevêché furent saisis, et le château de Gaillon fut saccagé. Il n'était plus qu'un amas de décombres, lorsque Georges d'Amboise monta sur le siége épiscopal de Rouen (1493). Ce cardinal, l'un des

Arc de la façade du château de Gaillon.

plus actifs et des plus éclairés parmi ceux qui préparèrent, par la puissante impulsion qu'ils donnèrent aux arts, l'époque glorieuse de la renaissance, mit bientôt la main sur les ruines de Gaillon pour les relever. Il pensait d'abord à rétablir seulement le château sur son premier plan ; mais ensuite, pénétré des souvenirs de l'Italie qu'il venait de parcourir, et excité par le grand architecte italien Joconde, que Louis XII avait, à son instigation, attiré en France, il voulut, pour ainsi dire, mettre dans le palais qu'il méditait toute la magnificence qu'il portait dans l'imagination, et le château de Gaillon devint une des merveilles de l'époque. Dessiné sur les larges proportions d'une demeure royale, enrichi dans ses détails d'exécution du mélange de toutes les formes architecturales que le goût du moment permettait d'emprunter aux différents styles et de réunir dans une même œuvre, le palais du cardinal d'Amboise fut en même temps décoré avec une perfection infinie par tous les arts, qui étaient alors les ingénieux et délicats auxiliaires de l'architecture : par la peinture, la sculpture, la ciselure sur pierre et sur bois, l'application des stucs, la peinture sur verre. Gaillon fut un musée, où les *taille-pierres* et les *imagiers* les plus renommés du jour s'empressèrent à l'envi d'exposer les plus heureuses productions de leur génie. « Les murs du palais, dit un historien, se couvrirent d'arabesques d'une élégance exquise, de riches médaillons, de sculptures gracieuses, qui se multipliaient, comme par enchantement, sous la main de Jean Juste, de Tours, et de Paul Ponce. » Les créations des ciseaux arabes, gothiques, antiques, rapprochées l'une de l'autre, semblaient concourir et rivaliser ensemble. Ainsi, d'un même coup d'œil, on pouvait embrasser des ornements vagues, capricieux, sans nom précis, sans caractère distinct, comme ceux des murs de l'Alhambra de Grenade; des groupes naïfs, des enfants reculant épouvantés à l'aspect d'une figure de diable, tels qu'auraient pu être les bas-reliefs d'une façade de cathédrale, et des images antiques, nettement et sévèrement tracées, semblables à celles que présentent les débris des monuments de la Grèce ou de Rome. Un admirable ensemble résulta des efforts combinés de tous ces talents de France et d'Italie, mis à l'œuvre sur un même point, animés par une émulation individuelle et nationale, dirigés par le goût pur et fécond du cardinal d'Amboise, et encouragés par son inépuisable munificence.

Toutes les descriptions de ce temple des arts donnent la plus haute idée de sa pompe monumentale. La masse principale des bâtiments formait un carré allongé, dont la partie faisant façade était d'une jolie structure et de proportions délicates. Cette façade, qui n'était à proprement parler qu'une clôture pour compléter l'enceinte, offrait, au point central, une sorte d'arc de triomphe, sous lequel une entrée était pratiquée, et que deux prolongements de murs à hauteur d'appui, et élégamment travaillés, allaient réunir aux deux ailes de l'édifice. De peu d'élévation, de peu d'étendue, cet arc était surtout remarquable par sa légèreté et par la richesse et l'abondance des bas-reliefs et des sculptures qui le décoraient. Percé à jour de toutes parts, il présentait six ouvertures disposées en deux étages : la plus grande, ménagée au milieu en guise de porte, était ornée de deux frêles colonnes cannelées, et flanquées de deux espaces libres assez semblables à des fenêtres carrées; les trois ouvertures supérieures avaient reçu chacune en décoration un morceau de sculpture, placé au milieu : dans les deux ouvertures latérales était une statue de forme antique; dans celle du centre s'élevait une sorte de bloc creusé en cuvette et chargé d'ornements. Ce bloc posait sur une plaque de marbre où était représenté en relief le triomphe de saint Georges sur un dragon, sujet que, par allusion au nom de baptême du cardinal d'Amboise, on avait multiplié dans les différentes parties du château. Agréable aux yeux par l'heureuse combinaison de ses parties pleines et de ses espaces vides, et par la variété, le beau travail et le bon goût de ses ornements, cet arc de triomphe était parfaitement calculé pour mettre à découvert toutes les beautés de l'édifice, comme aussi pour ne pas dérober le riche paysage aux fenêtres du château. Une délicieuse fontaine, placée au milieu de la cour, et qui se composait d'une coupe d'où s'épanchaient, dans un bassin, les eaux versées par une urne élevée dans les airs, jaillissait vis-à-vis de l'entrée, et cette décoration orientale, rapprochée des lignes légères de l'arc de triomphe et des galeries ouvertes dans les parties basses du château, jetait de la grâce et de la gaieté sur la majesté imposante de cette vaste demeure.

Respecté par les successeurs du cardinal d'Amboise comme une des gloires de leur siége épiscopal, le château de Gaillon leur dut encore des accroissements et des embellissements. Aussi, quoique déjà vieux de trois siècles, ce magnifique monument était dans toute sa force et sa splendeur quand la révolution française éclata. Au moment où la république cherchait à faire argent de tout, il fut mis à prix pour ce qu'il pouvait contenir de pierres, de fer et de plomb, et livré à des spéculateurs. Ces barbares du XVIIIe siècle le démolirent, et Gaillon ne possède aujourd'hui que des ruines dont la beauté même n'est plus qu'une cause de douleur et de regrets. Heureusement, dès l'année 1790, l'Assemblée constituante avait décrété quelques mesures conservatrices qui, si elles n'empêchèrent pas les attentats dirigés contre les objets d'art, permirent du moins de sauver quelques débris. Un asile avait été ouvert, sous le nom de *musée des Monuments français*, dans le couvent des Petits-Augustins de Paris, aux restes des monuments français de tout âge. Le château de Gaillon ne pouvait pas échapper aux investigations de M. Lenoir, le zélé conservateur de ce musée. Grâce à sa légèreté même, l'arc de la façade avait été laissé de côté par les spéculateurs, comme ne pouvant fournir aucuns bons matériaux. M. Lenoir résolut d'enrichir son musée de ce précieux débris qui n'avait reçu que peu d'atteintes. Il le fit donc démolir ou plutôt démonter avec soin (1801 et 1802), et les pierres étiquetées furent transportées à Paris. L'arc, arrivé à sa destination, fut reconstruit, réparé, restauré et remis, autant qu'il était possible, dans son état primitif : c'est encore aujourd'hui un des plus beaux morceaux d'architecture qui décorent la cour du Musée, devenue l'entrée de l'école des Beaux-Arts.

Le créateur du château de Gaillon, le dominicain fra Giovanni Giocundo, plus connu sous le nom de Joconde, a fait pour l'architecture française, au XVIe siècle, ce que le Primatice et le Rosso firent pour la peinture. Ses exemples ont éveillé le génie de notre Philibert Delorme, de notre Pierre Lescot, de notre Jean Bullant; et les merveilles d'Anet, d'Écouen, des Tuileries et du Louvre ont été inspirées par celui qui dessina ce bijou architectural, l'arc de Gaillon.

BOIS-ROBERT.

LES ÉDENTÉS

« Dieu fit bien ce qu'il fit, » dit Garot retournant à la maison, le nez meurtri par un gland, et se fé-

licitant de n'avoir pas été admis dans les conseils du Créateur, pour lui persuader de suspendre aux chênes des citrouilles.

Voyez ce pauvre animal, à la tête ronde, aux yeux à fleur de tête, à la figure presque humaine, douce et résignée. Il s'est cramponné vigoureusement, jambe de ci, jambe de là, au tronc d'un arbre; au moyen de ses griffes longues et solides, il va monter sur cet arbre, dont les feuilles sont sa seule nourriture.

Vous le plaignez, et, avec Buffon, vous vous apitoyez éloquemment sur cette pauvre bête déshéritée de toutes manières : laide, lente, gauche, dépourvue de moyens de défense. Cela est vrai, sa chevelure plate ressemble à l'herbe sèche; sa livrée, aux teintes livides, est misérable; ses pattes paraissent trop courtes et la façon dont elles sont attachées au corps leur donne un air difforme; ses griffes énormes sont incapables de lutte; il n'a point d'incisives, ses pieds manquent de plantes, et il ne peut mouvoir ses doigts séparément.

Ne vous hâtez pas de dire, comme Garot avant la chute du gland, que Dieu fit mal ce qu'il fit, le jour où il créa le *paresseux* (c'est le nom vulgaire du pauvre animal en question). Cette toison obscure, composée de poils longs, secs, s'harmonise admirablement de ton avec les lichens et les mousses qui revêtent le tronc des arbres. Le jaguar, l'Indien ne l'apercevront pas facilement. Le paresseux est lent, cela est vrai, mais il a la vie dure; ses quarante-six côtes le protégent contre les chocs et les chutes. S'il n'est pas agile, il trouvera toujours sa nourriture, quelques feuilles de l'espèce la plus grossière. Ses dents sont en rapport avec ses besoins : ce sont des molaires à saillies transversales tranchantes, de véritables hache-feuilles. Ces deux grands bras si longs qu'un seul peut faire une demi-circonférence de tronc d'arbre, sont des grappins à crochets solides; ces pieds courts, dirigés en dedans, sont les leviers le mieux adaptés à leur usage.

On a dit que le paresseux a les mouvements si lents, qu'il mourrait de faim s'il lui fallait descendre d'un arbre épuisé de feuilles pour remonter sur un autre. Il se laisserait donc lourdement tomber à terre, pour chercher un autre garde-manger. Rien de plus inexact. M. Gaimard, qui en a élevé un en domesticité, à bord d'un navire, l'a vu passer de cordages en cordages, de haubans en haubans, avec l'agilité d'un mousse. A terre, seulement, il mérite son nom; c'est qu'il n'est pas fait pour y vivre. Son ventre qui touche le sol, ses pieds sans plantes, ses griffes trop longues lui sont autant d'obstacles.

Garot, ici, aurait donc encore tort avec Dieu, qui a conformé le paresseux pour la vie qu'il lui a destinée. Ses pattes sont douées d'une vigueur musculaire si grande, qu'elles le soutiennent sous les branches sans aucun effort. Lorsqu'il veut dormir, il jette ses bras et ses jambes autour d'une branche parallèle à la terre, et s'abandonne au sommeil, ainsi pendu, le corps en bas, faisant escarpolette.

Le genre auquel appartient le paresseux de notre gravure, est celui des *Bradypes*; il renferme l'*aï*, celui que vous voyez ici embrassant le tronc d'un arbre, et l'*unau*, qui n'a que deux ongles aux pieds de devant, tandis que l'aï en a trois.

Voyez maintenant ces animaux singuliers, dont deux ont avec la tortue une vague ressemblance, et dont l'autre allonge un groin si bizarre. Croiriez-vous facilement que ce sont des membres de la même famille que les paresseux? Il en est ainsi, cependant, tous appartiennent au même ordre, celui des *édentés*. Cet ordre renferme un certain nombre de genres qui se distinguent, ou par l'absence ou la rareté des dents incisives, ou par l'uniformité des dents, lorsqu'il en existe.

Le *tatou*, dont la conformation extérieure rappelle le plus celle de la tortue, est recouvert par une sorte de bouclier, composé de pièces osseuses, dont la surface est garnie d'un épiderme écailleux; ces plaquettes osseuses, faisant corps avec la peau, sont disposées par séries transversales, imbriquées et mobiles, ou soudées les unes aux autres.

Ces *porte-cuirasse*, comme les appelle Buffon (*dorakophores*), sont, comme tous les autres édentés, d'une intelligence inférieure. Leurs doigts sont garnis d'ongles robustes, arqués, dont la fonction est de fouiller le sol, pour en tirer les insectes et les petits cadavres, dont ils font leur nourriture. Doux et lents, comme les *paresseux*, les tatous habitent surtout l'Amérique méridionale. L'espèce nommée *tatou géant* atteint jusqu'à un mètre de longueur. La taille des autres est à peu près celle d'une marmotte. L'*encoubert poyou*, autre espèce de la même famille, est couvert d'une carapace si mobile qu'elle lui permet de s'aplatir, et lui donne une certaine ressemblance avec un énorme cloporte.

Le *pangolin*, autre édenté à carapace écailleuse, s'éloigne encore plus des mammifères pour se rapprocher des reptiles et, en particulier, des lézards. Le dessus et les côtés de son corps, ses quatre membres et sa queue sont protégés par de nombreuses écailles cornées, implantées dans la peau à la manière de nos ongles, et disposées par séries imbriquées à la façon des ardoises de nos toits.

Encoubert Poyou — Tamanoir — Pangolin.

Habitant de l'Afrique et de l'Asie méridionale, le pangolin s'y tient dans les forêts, creuse le sol avec ses ongles pour s'y construire une tanière, ou gîte dans le creux des arbres. Il est absolument dépourvu de dents, et sa nourriture consiste principalement en fourmis. Si on l'inquiète, il se roule en boule et se cache sous ses écailles, comme le hérisson sous ses piquants.

Quelques-uns des édentés sont spécialement *mangeurs de fourmis:* ce sont les *fourmiliers*, autrement dits *myrmécophages*, *tamanoirs*, *myrmidons*.

La physionomie de ces animaux est des plus bizarres. Leur corps est couvert, non plus de plaquettes ou d'écailles, mais de poils longs et rudes, qui se développent sur la queue en une sorte de crinière. Leur corps est comprimé, haut sur jambes; leur tête s'allonge en une sorte de tube onduleux, au bout duquel s'ouvre une petite fente qui sert de bouche. De cet orifice sort une langue longue et mince, véritable arme de chasse, au moyen de laquelle le fourmilier se procure sa nourriture habituelle.

Dans les plaines brûlantes de l'Amérique intertropicale s'élèvent de petits monticules grisâtres, en forme de meules. Ce sont les habitations des fourmis. Le fourmilier, pressé par la faim, s'approche lentement de ces petites cités, regarde autour de lui pour s'assurer si aucun danger ne le menace, et se couche, en allongeant son mince groin sur la fourmilière. Sa langue, tendue dans toute sa longueur, sert d'appât aux fourmis, et, quand elle en est bien couverte, le chasseur la retire et gobe sa proie. La nature lui a facilité cette chasse, en couvrant la partie supérieure de cette langue-amorce d'une matière visqueuse et gluante qui retient les fourmis.

E. V.

GALERIE DES HOMMES UTILES — MONCEY

Le maréchal Moncey à la barrière de Clichy.

Une des toiles les plus populaires de notre Horace Vernet est celle qui représente un épisode de la bataille de Paris, le 30 mars 1814, à la *Barrière de Clichy*. Ce n'est pas un combat, mais seulement une scène détachée de la suprême défaite. Quelques groupes, quelques planches, quelques débris ont suffi à l'artiste pour retracer les dernières convulsions de l'agonie nationale; au milieu de ce désordre, un homme représente l'effort inutile, la résistance impossible; mais cet homme symbolise aussi la patrie et l'honneur, la France frémissante, vaincue, mais admirable encore d'énergie et de fierté dans sa chute. Cet homme, c'est Moncey.

Moncey méritait d'occuper cette place dans les souvenirs d'un jour fatal. Il fut le soldat citoyen par excellence, et je ne sais pas une vie plus belle, plus utile, plus remplie de hautes actions et de bons exemples, que celle de ce modeste héros.

Bon-Adrien Jeannot Moncey, maréchal et pair de France, duc de Conegliano, grand'croix des ordres de la Légion d'honneur, de Saint-Louis et du Saint-Esprit, gouverneur des Invalides, naquit à Besançon, département du Doubs, le 31 juillet 1754.

Fils d'un avocat distingué au parlement de la Franche-Comté, il fut destiné par son père à lui succéder dans une carrière qui, seule alors avec celle de l'Église, assurait à la bourgeoisie la considération, l'influence et la richesse. Par quel secret instinct de ses destinées futures le jeune Moncey fut-il attiré vers le métier des armes, alors encore réservé dans les hauts grades aux privilégiés de la noblesse? C'est le secret des vocations véritables. Moncey n'avait encore que quinze ans, lorsque, laissant ses études inachevées, il entra comme volontaire dans le régiment de Conti-infanterie.

Sa famille déplora ce coup de tête et fit tant par ses sollicitations qu'elle le décida, au bout de six mois, à accepter un remplaçant. La vocation fut plus forte. A peine Moncey avait-il repris sa place sur les bancs du collége de Besançon, que la vue des uniformes du régiment de Champagne lui rendit ses premières ardeurs, et il s'engagea de nouveau. Jusqu'au mois de juin 1773, il resta simple grenadier. Il venait de finir la campagne sur les côtes de Bretagne, quand, dégoûté par les lenteurs de l'avancement, il acheta son congé. Besançon le revit encore, et il se reprit aux études de droit, décidé désormais à accepter l'honorable héritage de la profession paternelle. Mais il était né soldat.

En 1774, *le diable au corps* le reprit, comme il le disait lui-même, et, quittant Barthole et Cujas, pour ne jamais les revoir, il entra dans le corps de gendarmerie de Lunéville. En 1778 seulement, il obtint sa première épaulette et fut nommé sous-lieutenant de dragons dans les volontaires de Nassau-Siegen. En 1789, il était lieutenant en premier dans ce régiment, qui devint le 5e bataillon d'infanterie légère.

La révolution commençait; tout allait changer. La magistrature, comme l'Église, allait sombrer dans ce grand naufrage de toutes les institutions. L'épée seule allait régner, détrônant la plume et la parole. Moncey se trouvait avoir fait d'avance le bon choix. Capitaine le 12 avril 1791, il avait déjà trente-cinq ans et comptait près de vingt ans de service, lorsque s'ouvrit véritablement pour lui cette carrière où des enfants allaient gagner en quelques jours ces épaulettes pour lui si péniblement acquises, où le paysan de la veille serait bientôt le général ou le roi du lendemain.

Cette lente initiation à la profession militaire fut utile à Moncey. Il avait à la fois, quand son tour arriva de commander, l'expérience des armes et l'expérience des hommes. Son jugement sain, droit, calme; ses connaissances pratiques, étaient des trésors en ce temps d'aventures et d'inexpérience téméraire. Dès 1793, Moncey était appelé à commander le cinquième bataillon, qui faisait alors partie de l'armée des Pyrénées occidentales, devant Saint-Jean-Pied-de-Port. L'année suivante, il chassa l'ennemi d'une position nécessaire au passage de la Bidassoa, et, le camp d'Andaye ayant été, le 5 février 1794, vigoureusement attaqué par le général espagnol Caro, il fit preuve dans sa défense d'une intrépidité et d'un coup d'œil qui lui valurent les éloges des représentants en mission et le grade de général de brigade. Deux mois après, le 9 juin, le Comité de salut public lui conférait le grade de général de division.

Une campagne importante allait s'ouvrir sur la frontière des Pyrénées. Un conseil de guerre fut réuni, dans lequel Moncey traça le plan d'opérations hardies et décisives, qui devaient assurer rapidement la paix de ce côté. Tout le désignait au commandement général; mais les égards qu'on crut devoir au général Muller, brave soldat et médiocre officier, ne permirent d'assigner à Moncey que le commandement de l'aile gauche. Sa modestie lui fit accepter sans aigreur et sans jalousie ce poste secondaire, dans lequel il sut rendre les plus grands services. Moncey s'empara du col de Maja, position dominante de la vallée de Bastan, se porta rapidement vers la montagne des quatre Couronnes, et, tournant le camp retranché de Saint-Martial, dont l'artillerie formidable défendait le passage de la Bidassoa, il s'empara presque sans résistance du port de Passage. Le lendemain, cette manœuvre habile lui livrait les hauteurs de Saint-Sébastien, place dans laquelle s'étaient enfermés 3,000 Espagnols. Moncey occupait une position assez forte pour imposer une capitulation à la ville. Il choisit, pour la négocier, un soldat modèle comme lui, type comme lui de simple grandeur et de dévouement à la patrie, celui qui mérita ce titre unique de premier grenadier de France, Latour d'Auvergne. Ce héros, à qui Moncey portait une estime et une affection particulières, commandait son avant-garde, colonne *infernale*, comme l'avait surnommée la terreur des ennemis. L'habileté stratégique de Moncey, la vue de son négociateur décidèrent la capitulation. On pouvait céder sans honte à des hommes de cette trempe.

Ces succès déterminèrent les représentants à placer à la tête de l'armée des Pyrénées celui qui la commandait réellement. Moncey déclina cet honneur et écrivit à la Convention qu'il ne se sentait pas les qualités d'un général en chef. Il fut seul de son avis et dut céder. Au mois d'août 1794, il fut appelé au commandement en chef, et, bientôt, justifia cette confiance. Le 17 octobre, il remportait à Villa-Nova une victoire éclatante : 2,500 prisonniers, 50 canons, 2 drapeaux, les magasins et les manufactures les plus importantes de l'ennemi, tels furent les résultats de cette belle affaire, qui assura à la France toute la Navarre espagnole jusqu'à Pampelune.

Poursuivant ses succès, Moncey battit encore l'ennemi à Castellena, à Villa-Réal, à Mont-Dragon, à Bilbao, et l'Espagne fut réduite à implorer la paix. Le traité de Bâle, du 22 juillet 1795, suivit bientôt la trêve conclue entre Moncey et le marquis d'Iranda.

Rentré en France, le vainqueur de l'Espagne fut nommé d'abord au commandement en chef de l'armée des côtes de Brest; puis, le 1er septembre 1796, au commandement de la 11e division militaire à Bayonne. Dans ces deux postes, il sut allier la modération à la fermeté. Placé plus d'une fois dans la triste nécessité de sévir contre des Français fidèles à l'ancien drapeau qu'il avait suivi lui-même, il tempéra autant qu'il fut en lui les rigueurs commandées par le gouvernement central.

Le 18 brumaire fut salué avec bonheur par cet honnête soldat, dont tous les instincts appelaient l'ordre et une autorité salutaire. Le premier consul choisit Moncey pour commander la 15e division militaire, dont le chef-lieu, Lyon, réclamait un commandement à la fois énergique et prudent, fort et réparateur.

La campagne d'Italie commençait. Moncey prit sa part de ces merveilles militaires. En mai 1800, il franchit le Saint-Gothard avec 20,000 hommes, s'empara de Bellinzona et de Plaisance, contribua à la victoire de Marengo, et occupa la Valteline par suite de l'armistice conclu après cette brillante journée.

Placé, en 1801, sous les ordres du général Brune, il l'aida puissamment dans la tâche difficile d'établir des communications avec l'armée des Grisons. A Monzabano, il eut un cheval tué sous lui; à Rovérédo, il fit un grand nombre de prisonniers autrichiens, et là, comme toujours, sa première pensée après la victoire fut une pensée d'humanité. Ses soldats, qu'il appelait ses enfants, et les blessés ennemis recevaient également ses soins, et il ne prenait de repos que quand les uns étaient nourris, les autres pansés.

A la paix de Lunéville, Moncey reçut le commandement des départements de l'Oglio et de l'Adda. Le 4 décembre 1801, il fut nommé inspecteur-général de la gendarmerie. En 1804, la main de l'empereur le plaçait à la tête de cette féodalité militaire que le vainqueur de l'Europe s'appliquait à créer : Moncey fut compris dans la première promotion de maréchaux de l'empire. En même temps il était nommé duc de Conegliano, un des douze grands fiefs italiens; chef de la 11e cohorte de la Légion d'honneur, grand-officier de cet ordre, et bientôt grand-cordon de l'ordre de Charles III. Président du collége électoral du Doubs, il fut désigné par celui des Basses-Pyrénées comme candidat au sénat conservateur.

Cependant Napoléon venait de commencer, par l'intrigue de Bayonne, cette déplorable aventure d'Espagne dans laquelle, pour la première fois, au lieu de rois à détrôner, il allait trouver un peuple à combattre. Après l'insurrection nationale du 2 mai 1808, Moncey fut détaché de Madrid sur Valence. Seul peut-être parmi les lieutenants de l'empereur, il avait blâmé cette guerre déloyale et impopulaire; son honnêteté répugnait à cette lutte, dont son jugement lui révélait les dangers. On le traita de visionnaire, et il partit, résolu à faire son devoir comme toujours. Ses prévisions ne furent que trop tôt justifiées : le 28 juillet, il tenta sur Valence un assaut qui fut repoussé par des paysans, des moines et des femmes. Dans sa retraite, il fut atteint et battu par les généraux Cerbellot et Caro. En même temps, Lefebvre échouait également dans l'attaque de Saragosse, et Dupont capitulait à Baylen.

L'année suivante, Moncey rentrait en France, et l'empereur lui confiait, en 1810, le commandement de l'armée de réserve du Nord, qu'il conserva pendant les années 1812 et 1813. Lille, où il avait établi son quartier général, se rappellera toujours la probité simple, la modération, la fermeté de cet homme de bien.

L'histoire épique, en plaçant les lieutenants de l'empereur dans une majestueuse perspective, dissimule trop souvent leurs faiblesses. Hauteur tyrannique, basse cupidité, ambition tortueuse, honteuses jalousies, toutes ces tares de l'humanité disparaissent dans l'éclatante lumière qui entoure ces héros vus à distance. Mais l'impitoyable biographie rapproche le point de vue et ne nous montre plus que des hommes. Moncey, moins grand que tel autre de ses compagnons par ses actions de guerre, gagne à être regardé de près. Moins admiré d'abord, il force bientôt l'estime et l'approbation respectueuse que lui assurent son patriotisme sincère; sa droiture, et, pour tout dire en un mot, sa vertu, lui composent une gloire plus durable que celle de vingt victoires.

C'est cette singulière valeur morale de Moncey qui dicta le choix de Napoléon, lorsque, battu sur le Danube, chassé sur le Rhin, puis enfin poursuivi sur le sol de la France, il tourna les yeux avec inquiétude vers sa capitale déjà menacée. L'empereur se rappela alors qu'il y avait dans les murs de Paris une garde nationale dont le patriotisme pouvait défendre le cœur de la France. Il fallait à cette milice citoyenne un chef dont la fidélité fût à l'abri du soupçon, dont le caractère inspirât une confiance sans bornes à la population parisienne. Un décret du 8 janvier 1814 appela Moncey aux fonctions de major-général commandant en second de la garde nationale de Paris.

Ce choix eut l'assentiment universel, et le vénérable guerrier jura à Napoléon qu'il défendrait jusqu'à la dernière goutte de son sang le dépôt sacré qui lui était confié.

Dans une telle bouche, de telles paroles n'étaient pas vaines. Mais tandis que Napoléon, dans son immortelle campagne de France, prodiguait les miracles inutiles, Joseph Bonaparte, Clarke et le général Hullin, abandonnés dans Paris à leurs indécisions, dénués de ressources, emprisonnés par les ordres du maître, attendaient leur salut de celui-là seul qui personnifiait la patrie. En vain Moncey demandait des armes, des munitions pour ses soldats-citoyens, on n'avait pas à lui en donner. Il réclamait des fusils, on lui offrait des piques. On ne s'occupait pas même de fortifier les hauteurs de la capitale.

Le 29 mars, Marmont et Mortier se replièrent sur les faubourgs de Paris avec une quinzaine de mille hommes, débris informe de cent corps divers. Cent mille ennemis s'avançaient pour les écraser. Dans Paris, cependant, tout ce qui était gouvernement était en proie à une panique fatale.

La fille de Marie-Thérèse et Joseph Bonaparte abandonnaient la capitale à son destin; Savary brûlait en hâte les dossiers de la police secrète, faisant place nette à des dévouements nouveaux. La confusion régnait partout. La population contemplait ce sauve qui peut avec plus d'étonnement encore que d'inquiétude. Il n'y avait plus d'esprit public en France.

Seuls, quelques vieux soldats congédiés, quelques ouvriers, quelques jeunes gens pleins d'une ardeur inutile, sentaient leur orgueil de Français se révolter à la pensée de l'étranger vainqueur. A force d'insistance, Moncey réussit à trouver des armes pour six mille environ de ces braves gens. Encore fallut-il que la commune subvînt aux dépenses de cet armement insuffisant, presque ridicule, et Joseph, sur les instances de Moncey, donna 50,000 francs pris sur sa propre cassette. Il n'y avait plus 5 francs au trésor public!

Le 30 mars au matin, cette faible troupe de vo-

Roveredo. — Après la victoire.

lontaires fut disséminée de l'extrême droite à l'extrême gauche de la ligne de défense, de Saint-Ouen à la barrière du Trône. Quand Marmont commença, dans Belleville et Romainville, ce combat suprême, combat de géant qui suffirait à immortaliser un soldat, la milice parisienne disparut sans combattre. Moncey resta seul à la barrière de Clichy, entouré de quelques volontaires prêts à mourir. Le vieux soldat se résigna. Il disposa quelques centaines de tirailleurs dans la plaine de Clichy, et occupa la barrière. Autour de lui quelques gardes nationaux, quelques cavaliers démontés, quelques volontaires armés de fusils de chasse; au loin, le bruit sourd de la canonnade qui se rapprochait de Montmartre. Des cavaliers ennemis se montrèrent bientôt dans la plaine, et déjà le bruit d'une capitulation se répandait dans la ville. Moncey repoussa à coups de fusil cette extrême avant-garde de l'ennemi. L'inexpérience de ses soldats improvisés n'était égalée que par leur courage. Un d'eux, un ouvrier, enfant de Paris, avait ramassé le fusil d'un blessé; mais il ne savait comment charger son arme. « Tenez, maréchal, lui dit-il, prenez ce fusil-là, vous vous en servirez mieux que moi; moi, puisque je ne suis pas bon à autre chose, je vous couvrirai de mon corps. »

Moncey prit l'arme et fit le coup de feu comme un soldat.

C'était tout ce qu'il pouvait faire. Lui aussi et ses quelques compagnons purent dire avec désespoir : Ils sont trop!

Le vieux héros rentra dans Paris rendu, le cœur navré de cette défaite. Le lendemain, il était à Fontainebleau, conduisant à l'empereur les débris des troupes de ligne restées sans chef.

Quatre jours après, il n'y avait plus d'empire, mais il y avait encore une France, et Moncey, relevé de ses serments que tant d'autres s'empressaient de trahir, put, sans rougir, saluer de son épée le vieux drapeau de sa jeunesse. Le 11 avril, il donna son adhésion personnelle à « l'acte constitutionnel qui rappelait au trône la dynastie des Bourbons. »

Louis XVIII, qui ne se méprenait pas sur la valeur de tous ces dévouements subits qui se pressaient autour du trône nouveau, savait qu'il pouvait se reposer sans crainte sur la loyauté de Moncey. Lorsque le roi débarqua à Calais, c'est le vieux maréchal, alors membre du conseil d'État provisoire, qui fut chargé de le saluer au nom de la France et de l'armée. « Dans mes bras, » dit Louis XVIII au vénérable soldat qui fléchissait le genou devant le monarque.

Le nouveau gouvernement continua le duc de

L'école Moncey.

Conegliano dans ses fonctions d'inspecteur général de la gendarmerie, que Moncey avait honorées et agrandies jusqu'à en faire une sorte de magistrature. Le 13 mai, le maréchal fut nommé ministre d'État; le 2 juin, il reçut la croix de Saint-Louis, et, le 4, il fut créé pair de France.

Dix mois après, bien des fautes commises avaient rendu possible cet étonnant retour de Napoléon, source pour la France d'humiliations nouvelles et d'irréparables désastres. A l'approche de Bonaparte, Moncey, toujours fidèle à sa parole, rappela au corps de la gendarmerie le serment que le roi avait reçu de la nation et de l'armée. Le vieux soldat d'Espagne et d'Italie n'avait pas banni de son cœur les souvenirs de la gloire passée; mais il redoutait la guerre civile, et ne comprenait pas que l'on pût, à l'exemple de quelques-uns de ses compagnons d'armes, changer de maître avec une ardeur de zèle toujours prête aux métamorphoses. Il ne revint à Napoléon que quand la France lui eût donné ce nouvel exemple et imposé ce nouveau devoir. L'empereur, remonté sur son trône, marqua son estime pour celui que, plus tard, à Sainte-Hélène, il appela *l'honnête homme :* Moncey fut créé pair de France de l'empire. Il est permis de croire que Napoléon lui-même ressentait un secret mépris pour tous ces courtisans du pouvoir qui s'étaient hâtés de lui faire cortége, après l'avoir outragé dans l'exil. La fière loyauté de Moncey reposait ses regards; et, bien que le jeune fils du maréchal, colonel, à vingt-quatre ans, du 3e régiment de hussards, eût, lors du retour de l'île d'Elbe, conservé ce corps à Louis XVIII, au milieu de la défection générale de l'armée, le père n'en fut que plus considéré pendant les Cent-Jours.

A la Restauration, l'ordonnance du 14 juillet 1815 fit perdre à Moncey son titre de pair de France. La réaction commençait contre les choses et les hommes de l'empire. Moncey n'écouta que ses sentiments d'honneur; et, prêt à se dévouer encore au chef de la dynastie restaurée, il se refusa à le suivre dans ses impolitiques vengeances. Il avait blâmé la conduite de Ney, lorsque ce héros donnait aux éclats d'un zèle excessif et tristement variable les allures de la trahison; il refusa d'approuver les colères des conseillers aveugles qui poussaient la monarchie à répandre le sang d'un Français.

Nommé, comme doyen des maréchaux, président du conseil de guerre assemblé pour juger le maréchal Ney, Moncey se récusa par une lettre adressée à Louis XVIII.

La voici, cette admirable lettre qui suffirait à illustrer la vie d'un homme, et à faire de celui qui l'écrivit le modèle des gens de bien :

« Sire,

« Placé dans la cruelle alternative de désobéir ou de manquer à ma conscience, j'ai dû m'en expliquer à Votre Majesté. Je n'entre pas dans la question de savoir si le maréchal Ney est innocent ou coupable; votre justice et l'équité de ses juges en répondront à la postérité, qui pèse dans la même balance les rois et les sujets. Mais, Sire, je ne puis me taire sur les dangers dont on environne Votre Majesté. Eh quoi! le sang français n'a-t-il pas assez coulé? Nos malheurs ne sont-ils pas assez grands? L'avilissement de la France n'est-il pas à son dernier période? Et c'est lorsqu'on a besoin de rétablir, de restaurer, d'adoucir et de calmer, qu'on nous propose, qu'on exige de nous des proscriptions! Ah! Sire, si ceux qui dirigent vos conseils ne voulaient que le bien de Votre Majesté, ils lui diraient que jamais l'échafaud ne fit des amis: croient-ils donc que la mort soit si redoutable pour ceux qui la bravèrent si souvent? C'est au passage de la Bérésina, Sire, c'est dans cette malheureuse catastrophe que Ney sauva les débris de l'armée. J'y avais des parents, des amis, des soldats enfin, qui sont les amis de leurs chefs; et j'enverrais à la mort celui à qui tant de Français doivent la vie, tant de familles leurs fils, leurs époux et leurs parents! Non, Sire, s'il ne m'est pas permis de sauver mon pays ni ma propre existence, je sauverai du moins l'honneur; et, s'il me reste un regret, c'est d'avoir trop vécu, puisque je survis à la gloire de ma patrie. Quel est, je ne dis pas le maréchal, mais l'homme d'honneur, qui ne sera pas forcé de regretter de n'avoir pas trouvé la mort dans les champs de Waterloo? Ah! peut-être, si le maréchal Ney avait fait là ce qu'il avait fait tant de fois ailleurs, peut-être ne serait-il pas traîné devant une commission militaire; peut-être ceux qui demandent aujourd'hui sa mort imploreraient sa protection.

« Excusez, Sire, la franchise d'un vieux soldat qui, toujours éloigné des intrigues, n'a connu que son métier et sa patrie. Il a cru que la même voix qui avait blâmé les guerres d'Espagne et de Russie pourrait parler le langage de la vérité au meilleur des rois, au père de ses sujets. Je ne me dissimule pas qu'auprès de tout autre monarque ma démarche aurait été dangereuse. Je ne me dissimule pas non plus qu'elle pourra m'attirer la haine des courtisans; mais si, en descendant dans la tombe, je puis avec un de vos illustres aïeux m'écrier: *Tout est perdu hormis l'honneur*, alors je mourrai content. »

C'est la raison même qui, dans cette lettre, parle la véritable langue de l'honnêteté et de la sagesse politique; et il n'est pas de subtilités d'avocat, d'éloquence à double tranchant qui puissent atteindre à la hauteur de cette calme vertu. Ce n'est pas le courtisan des Cent-Jours que Moncey veut absoudre; c'est le héros de la Bérésina, c'est l'homme qui fut un moment, dans les glaces du Nord, le drapeau et le bouclier de la France.

Louis XVIII punit ce noble refus, mais en l'admirant. Une ordonnance royale du 29 août 1815 destitua Moncey de son grade, et le vieux soldat fut conduit prisonnier au fort de Ham. Trois mois après, le roi s'empressait de rendre à l'honnête homme sa liberté, ses dignités et son grade. Moncey prêta de nouveau, entre les mains de Louis XVIII, son serment de maréchal, et plus tard, en 1819, il retrouva son siége à la Chambre des pairs.

Estimé de tous les partis, entouré comme d'une auréole de gloire sans tache et de vertu, Moncey se voyait renaître dans ce fils qu'avait adopté la France monarchique; mais, à la fin de l'année 1817, un douloureux accident vint lui ravir cette consolation de sa vieillesse. Le jeune Moncey, déjà colonel et qui n'avait pas encore vingt-cinq ans, fut enlevé tout à coup par un accident misérable. Il était à la chasse et voulut franchir un fossé; comme il pesait imprudemment sur la crosse de son fusil, pour prendre son élan, la secousse fit partir la détente, et le coup lui fracassa la tête.

Ce fut une douleur profonde, incurable, pour ce pauvre père qui restait désormais seul au monde. Toute l'armée, toute la France, on peut le dire, prirent part à ce deuil.

Rentré cependant dans ces dignités et dans ces titres qu'il honorait plutôt qu'il n'en était honoré lui-même, le duc de Conegliano fut, une fois encore, appelé à servir activement son pays.

La France allait intervenir en Espagne, où une révolution venait d'ébranler le pouvoir de Ferdinand VII et d'établir le gouvernement constitutionnel des Cortès. Le maréchal Moncey fut appelé au commandement en chef du 4ᵉ corps; poste important, puisque ce corps était destiné à occuper la Catalogne, province dont la présence des Mina, des Milans et des Rotten, chefs de l'armée constitutionnelle, avait fait le siége et le centre de l'insurrection. Ainsi, une troisième fois, Moncey allait combattre en Espagne. La première fois, il y avait défendu sa patrie menacée; la seconde fois, il avait dû y servir une ambition injuste, imprudente; cette fois encore, il désapprouvait la guerre faite par la France constitutionnelle à un peuple qui revendiquait ses droits politiques : mais l'intervention de 1823 avait au moins ce mérite, aux yeux des bons Français, de relever l'énergie militaire de la France, abaissée par de récentes défaites, et de montrer encore une fois hors du fourreau cette épée, naguère arbitre du monde, dont l'Europe ne pouvait apercevoir les éclairs qu'avec d'inquiets frémissements.

Le choix que le duc d'Angoulême avait fait de Moncey, pour commander le corps le plus important de l'armée d'intervention, était vraiment excellent. Non-seulement le maréchal connaissait supérieurement le terrain de ses opérations futures, mais encore sa modération, sa fermeté, sa probité étaient autant de garanties de succès dans une guerre où, des deux côtés, se montrait la triste image de la guerre civile. Sur les rives de la Bidassoa, quelques Français égarés attendaient, l'arme au bras, le drapeau de leur patrie pour l'accueillir par leurs insultes et le trouer de leurs balles. En Espagne, une armée de la Foi se rassemblait pour s'unir avec l'étranger contre l'armée des Cortès : Français contre Français, Espagnols contre Espagnols. Il fallait aux représentants de la France militaire dans des circonstances aussi difficiles toute l'honnêteté politique, tout l'esprit de conciliation qui distinguaient le duc d'Angoulême et Moncey.

Après bien des hésitations, bien des délais, au milieu de mille imprévoyances qui rappelaient tristement au vieux soldat d'Italie ce temps où l'âme de la France était tout entière dans les camps, Moncey réussit à organiser à peu près son corps, et, le 18 avril, il commença ses opérations. La cinquième division de ce corps entra en Espagne par le col de Perthus, occupa Petalda et la Jonquière, et s'avança jusqu'à Carmani sans rencontrer aucune résistance. La discipline sévère que le duc de Conegliano savait maintenir dans les régiments confiés à sa direction, lui assurait la sympathie des habitants des campagnes. Tout était scrupuleusement payé; les maraudeurs n'avaient pas beau jeu, et si Moncey fermait les yeux sur quelque poule volée, sur quelque outre de vin illégitimement acquise, au moins désintéressait-il de sa bourse les paysans qui venaient se plaindre au quartier général de leurs mésaventures.

Une autre division, cependant, s'emparait de vive force de Puycerda, de Roses et de Figuières. Le fort de cette ville fut défendu avec bravoure par le gouverneur San-Miguel. « Je promets, disait Moncey dans une sommation empreinte de sa modération ordinaire, de laisser flotter les couleurs espagnoles sur les remparts; de respecter les propriétés; de ne molester personne à cause de ses opinions politiques; de laisser le gouverneur et tous les militaires sous ses ordres en possession de leurs grades, de leurs prérogatives, etc. » San-Miguel s'obstina dans la résistance : et qui pourrait lui faire un crime de cette patriotique énergie? Il ne céda qu'à la force.

Les chefs de l'armée constitutionnelle, Mina, Milans et Llobera massaient leurs forces sur la rive gauche de la Flavia. Moncey se porta à leur rencontre. Mais, favorisés par d'épouvantables orages, les constitutionnels purent effectuer leur retraite, poursuivis par Curiet et Donadieu.

Le 8 juillet, Moncey commença le blocus de Barcelone; les jours suivants, il repoussa trois vigoureuses sorties des assiégés, entre les forts de Cardona et de Manreza; prit le 23 juillet, à Milans la forte position de Jorba, et, le 27 août, battit, à la chapelle Saint-Jean, la petite armée de secours des constitutionnels. Le résultat de ces brillantes opérations fut la conclusion, entre Moncey et Mina, le 2 novembre, d'une capitulation qui livrait à l'armée française Barcelone, Tarragone et Hostalrich.

Ce fut la dernière campagne de Moncey. Depuis ce jour, il consacra les restes de son infatigable activité à ses fonctions de membre de la Chambre des Pairs. Sur ce terrain, comme sur tous les autres, il fut toujours du parti de l'ordre, de la légalité, de la modération.

La révolution de juillet, faite au nom de ces principes, eut l'adhésion du vieux soldat de Napoléon; et quand le maréchal Jourdan, gouverneur des Invalides, mourut en 1833, le gouvernement de Louis-Philippe ne trouva pas, pour le remplacer à ce poste d'honneur, une illustration militaire plus pure et plus honorée que celle du duc de

Conegliano. Invalide lui-même, Moncey était le type le plus complet de ces nobles débris qu'il allait avoir à commander. Il fut acclamé par ces héros mutilés, à qui leurs souvenirs et leur instinct disaient assez haut : Celui-là est le plus digne.

Moncey le prouva bien vite : l'administration de l'Hôtel des Invalides recélait depuis longtemps de graves abus ; de honteuses dilapidations y compromettaient la bonne gestion des deniers de l'État et jusqu'à la santé de ces braves gens auxquels la patrie offre un asile et du pain mérités par leurs blessures. Moncey regarda ces infamies d'un œil perçant et sévère, les signala à l'indignation publique, et trouva dans la chambre des députés un appui contre la corruption. Une sordide parcimonie lui disputa malencontreusement le traitement attaché à ces fonctions sacrées ; mais Moncey finit par triompher des éplucheurs de budget. Sa probité plaidait pour lui, et on savait assez que la meilleure partie de ce traitement s'écoulait en bonnes œuvres. Ce n'était pas seulement un administrateur intègre que ses frères d'armes rencontraient en Moncey ; c'était un ami, un père. Officiers et soldats étaient secourus de sa bourse avec cette délicatesse qui double le prix du bienfait.

Un des plus beaux jours de cette illustre vieillesse fut celui où le prince de Joinville ramena, du fond de l'Océan sur les rives de la Seine, les restes du grand capitaine sous qui Moncey avait si longtemps combattu. Le gouverneur des Invalides représentait, au milieu des débris de la grande armée, la France de Marengo, d'Austerlitz et de Waterloo. C'est au nom de cette France d'autrefois qu'il eut l'honneur de recevoir dans Paris le corps de l'empereur et de s'agenouiller, le premier, devant cette glorieuse dépouille enfin rendue à la patrie. A partir de ce jour, le vieux maréchal fut comme la sentinelle placée par la France près du cercueil de Napoléon.

Doyen des généraux français, tout brillant de cette gloire si bien acquise, Moncey n'oublia jamais d'où il était parti. Fils de ses œuvres, héros du travail et de l'honneur, il consacra ses dernières pensées, ses derniers efforts à semer dans la génération nouvelle, ces vertus populaires dont il avait donné l'exemple. Par un acte public du 17 octobre 1834, il avait fait don à sa commune natale de Moncey d'une maison avec dépendances, estimée à 2,000 francs, et d'une somme en capital de 12,000 francs, le tout pour être affecté à la tenue des écoles. Des libéralités successives élevèrent à plus de 30,000 francs ces utiles dotations.

Tous les ans, quand sa santé délabrée lui permettait le voyage, Moncey retournait visiter ce berceau de sa jeunesse, et prenait plaisir à distribuer lui-même aux meilleurs élèves des récompenses et des conseils paternels. En 1837, cette touchante cérémonie présenta un intérêt plus grand encore qu'à l'ordinaire. Le maréchal décerna à l'élève le mieux méritant, en présence du recteur de l'Académie de Besançon, la médaille d'argent offerte par le fondateur de la Société Montyon et Franklin. Moncey termina son discours par ces paroles touchantes : « La bonne conduite, l'instruction et les efforts soutenus sont nécessaires pour arriver à quelque chose en ce monde : c'est par là que l'homme a une valeur personnelle. Celui qui vous parle, mes enfants, est né dans le même rang que vous. Vos succès, votre application constante et la stricte exécution de vos devoirs feront de vous des hommes utiles à la société, de bons citoyens. Si vous justifiez mon espoir, j'aurai obtenu la récompense la plus douce que j'aie pu ambitionner. »

Il est permis de prêcher le devoir par la parole, quand on l'a toujours, comme Moncey, prêché par l'exemple.

C'est ainsi que s'écoulait cette belle vieillesse entre les gloires du passé et les promesses de l'avenir. Moncey s'éteignit le 20 avril 1842, âgé de quatre-vingt-huit ans. Ses dernières paroles furent comme le résumé de toute une existence consacrée au devoir. « Je désire, dit-il, que chacun remplisse et finisse sa carrière comme moi. » Ce n'est plus là la mort, c'est, comme a dit le poëte, le soir d'un beau jour. Moncey repose aux Invalides, près de la tombe de celui qu'il garda pendant sa vie comme un soldat fidèle, et qu'il semble garder encore après sa mort.

A. Fouquier.

LE RHONE

Les fleuves, comme les hommes, ont leur physionomie. L'antique mythologie, qui personnifiait jusqu'aux moindres plantes, représentait sans peine, sous des traits distincts, humains, ces grands cours d'eau qui vivifient tout un pays et lui impriment un caractère à part. Le Danube, ce *père des eaux*, est bien, pour nos imaginations, le fleuve hyperboréen, aux vastes contours, à la barbe limoneuse, entremêlée de glaçons, à la chevelure de roseaux. Le Nil, dont la gigantesque image rappelle les traits principaux de l'Égypte, serait facilement représenté sous les traits d'un sphinx au mystérieux sourire, reposant entre deux palmiers, accoudé à quelque énorme pylône, et caressant d'une de ses mains puissantes un crocodile endormi ou un ibis immobile.

Nos fleuves de France seraient, à ce compte, des individualités bien moins arrêtées que ces grands fleuves de l'Europe ou de l'Afrique. Car si notre Loire coule sur un espace de près de 1,000 kilomètres, le cours du Danube n'a pas moins de 2,790 kilomètres, et celui du Nil atteint à 5,500. A côté de l'énorme Mississipi, qui fertilise l'Amérique du Nord dans une course de 6,000 kilomètres, nos fleuves français ne sont que des ruisseaux sans doute ; mais, eux aussi, ont leur physionomie propre, leurs traits distincts.

Les bords du Rhône.

De nos six grands fleuves, le Rhône est celui peut-être dont le caractère est le plus tranché. Son cours total, en France, n'est que de 510 kilomètres, mais sa pente est une des plus fortes, 23 centimètres par 100 mètres, ou, si vous l'aimez mieux, 30 pieds par lieue. Rapide, impétueux, comme l'esprit même de cette Provence qu'il arrose, il est brillant, bleu, profond comme la mer qui le reçoit. Torrent neigeux à sa source, il se ressent toujours de son origine, et dévaste autant qu'il féconde ; mais ses fureurs mêmes ont leurs beautés, et la grâce majestueuse de sa marche ou les explosions de ses colères expriment un caractère à part. C'est notre fleuve méridional par excellence, et les paysages qu'il crée sur sa route, arides ou luxuriants, rappellent déjà l'Italie, l'Espagne et l'Afrique.

Le fleuve provençal n'est, à sa naissance, qu'un humble torrent qui distille des glaciers de la Furca, au pied du mont Saint-Gothard, à l'extrémité est du Valais. Après deux lieues d'une marche capricieuse au milieu des rochers, il se rapproche de trois autres torrents, humbles comme lui, sortis comme lui goutte à goutte des flancs de glace de la montagne; ces trois voisins inconnus feront quelque bruit dans le monde; l'un, l'Aar, ira traverser les villes et les lacs de la Suisse; l'autre, le Tessin, ira se réchauffer aux feux du soleil d'Italie; le troisième ira se précipiter dans le lac de Constance, visitera la France, reflétera, dans ses eaux rapides, les vieux châteaux de l'Allemagne et ira se perdre dans la mer de Hollande : celui-là se nommera le Rhin.

D'autres destinées attendent le Rhône enfant. Après avoir promené quelque temps ses eaux bondissantes à travers les rochers semés de chalets, et de gras troupeaux qui paissent au bord des précipices; après s'être parfumé des senteurs de l'œillet des Alpes, il descend tout à coup dans la plaine. Mais avant d'abandonner la montagne natale, il baigne un dernier rocher, célèbre par une simple et triste histoire, le *Rocher rouge*.

Là, dit-on, sur une plate-forme tapissée d'une herbe courte et drue, les habitants d'un petit village s'étaient rassemblés pour fêter le retour du printemps. Deux d'entre eux, deux fiancés, qu'attendait la bénédiction du ciel, s'étaient retirés à l'écart, au bord du précipice, et, la main dans la main, causaient de leur bonheur futur. Le pied glissa à la fiancée, et, comme elle se renversait dans l'espace, le fiancé s'avança pour la ressaisir; tous deux tombèrent enlacés au fond du précipice et se brisèrent au pied du rocher qu'a baptisé leur sang.

Suivant sa pente, le Rhône rencontre cette belle mer azurée, de 70 kilomètres de long sur 13 de large, qui porte le nom de lac Léman, ou lac de Genève. Il s'y mêle et s'y cache, mais c'est pour en sortir plus large et plus puissant. Torrent il y est entré, fleuve il s'en échappe.

A sa sortie du lac de Genève, le Rhône a pris l'aspect de cette masse d'eau qui l'a recélé dans son sein; il est abondant, il porte d'azur; ses eaux font rêver à cette Méditerranée qu'elles vont se hâter d'atteindre. C'est revêtu de cette livrée splendide, que le Rhône traverse Genève et ses jardins embaumés. Mais bientôt, à un kilomètre de la ville suisse, il reçoit son premier tributaire, l'Arve, torrent impétueux, dont les eaux jaunes restent longtemps sans se mêler aux eaux bleues du fleuve qu'elles refoulent.

C'est au-dessus de Collonges, et près du fort de l'Écluse, après un cours de 290 kilomètres dans la Suisse méridionale, que le Rhône devient enfin un fleuve français. Pour pénétrer en France, il lui faut échapper à des obstacles nombreux, sauter par-dessus des écueils, s'émietter en bruyantes cataractes, et, enfin, se rétrécir et couler, impatient, dans une tranchée profonde. Le fleuve orgueilleux qui, tout à l'heure, se répandait large de 70 mètres, n'en mesure plus que cinq. Les rochers se resserrent encore, jusqu'à ce qu'il ne reste plus même un mètre de distance entre les deux rives. Là, si les pointes glissantes des rochers le permettaient sans danger, un homme pourrait poser un de ses pieds sur la France, un autre sur la Savoie, et voir couler un fleuve entre ses jambes. Le Rhône se précipite, furieux, dans cet entonnoir, y creuse le rocher calcaire, s'engouffre et disparaît. C'est la *perte du Rhône*. Soixante pas plus loin, le fleuve se dégage du gouffre et reprend ses proportions véritables.

Il pique au sud, sa patrie véritable, et ne s'en détourne à droite que pour recueillir les eaux de l'Ain, qui descend du Jura, et bientôt celles de la Saône, qui descend des Vosges.

Quelques lieues encore et le Rhône toucherait à la Loire, le grand fleuve central, mais les montagnes du Lyonnais lui ferment le passage, et il se retourne brusquement vers le sud, où ses destinées l'appellent. Désormais, pendant 350 kilomètres, il traversera, en bondissant, le Dauphiné, le comtat d'Avignon et la Provence.

Mais d'abord, au moment même où il reçoit l'énorme tribut de la Saône, il se recourbe autour des quais magnifiques que lui a préparés Lyon, la seconde capitale de la France. Là, pour le poëte, le fleuve semble un miroir qui reflète dans ses eaux les belles collines de Fourvières et de Saint-Sébastien, et le verdoyant oasis de l'île Barbe; mais, pour l'industriel, il est encore l'artère vitale de tout le commerce français dans l'est.

Sorti de Lyon, le Rhône offre un coup d'œil enchanteur; toute sa rive droite est dominée par de riants coteaux, et son cours s'émaille d'îles aux vertes prairies. Puis, commence un autre spectacle. Les collines se dénudent; leurs profils, dorés par un soleil plus puissant, se tachent de longues lignes de pampres jaunissants. Ce sont les vignobles fameux du Rhône; c'est l'avant-garde de ces crus célèbres dans le monde entier : l'Hermitage, près de Tain, Die, Mercurey. Le fleuve et les vignes qu'il féconde ont ici des affinités singulières; sites et produits participent à la fois du nord et du midi : c'est la beauté, c'est la saveur vigoureuse des paysages et des vins de la Côte-d'Or, avec une nuance de richesse et de grandeur que n'offrent ni les tableaux naturels, ni les productions plus calmes et plus tempérées de la France centrale. Ce n'est plus ici la Côte-d'Or, c'est la Côte-Rôtie.

Encore quelques lieues, et la Provence s'annonce. Déjà le Rhône côtoie des plaines tantôt arides comme les sables de la Méditerranée, tantôt luxuriantes comme les versants de Cannes, d'Hyères ou d'Antibes. Aux déserts caillouteux d'Auberive, de Saint-Rambert et de Valence, succèdent des prairies grasses, où l'olivier, le mûrier, le figuier préludent à d'autres climats.

Vienne, la vieille capitale des Allobroges et la reine du Dauphiné; Tournon, qui regarde Tain à travers le fleuve élargi; Valence, la colonie romaine; Pont-Saint-Esprit, où le matelot tremblant ne s'engage qu'en se signant avec ferveur sous ce beau pont de 28 arches et de 840 mètres, que bâtirent, il y a six siècles, les frères Pontifes, voient tour à tour le Rhône s'accroître de l'Ardèche, qui se précipite du haut des âpres Cévennes; de l'Isère, qui descend du mont Cenis; et de la Drôme.

Mais déjà le fleuve touche Avignon, la ville des papes, la Rome française. Il y reçoit la violente Durance. Ce nouvel affluent prend sa source au mont Genèvre, dans les Alpes Cattiennes, à quelques pas d'un autre ruisseau, la Doire, dont les destinées bien différentes sont naïvement exprimées dans ces vieux vers :

> Adieu, ma sœur la Durance,
> Séparons-nous sur ce mont,
> Toi, pour ravager la Provence,
> Moi, pour féconder le Piémont.

Incorrigible jusqu'à son dernier pas, la Durance est un torrent, alors même que, large et majestueuse comme un fleuve, elle va se perdre dans le Rhône, après avoir englouti le Vardon : tantôt, maigre filet d'eau roulant sur des cailloux; tantôt, mer aux flots jaunes, arrachant sur son passage rochers, arbres et moissons.

Arrêtons-nous un moment, et admirons les paysages que forme le Rhône autour d'Avignon. Toute cette plaine du Comtat est un véritable verger. De l'ancien palais des papes, établi comme l'aire d'un aigle sur un rocher escarpé, la vue s'étend au loin sur un vaste tapis de verdure taché de longues lignes de peupliers et de saules au feuillage blanchissant, et brodé de mille bandes d'argent. Ces filets qui miroitent au soleil, ce sont les innombrables canaux d'irrigation qu'alimente la Durance, réparant ses fureurs par ses bienfaits.

Mais regardez à l'horizon. Voyez-vous cette immense barrière, derrière laquelle se montre un pan des Alpes? Cette montagne isolée, aux cimes rougeâtres et pelées, c'est le Ventoux; un nom bien mérité, je vous assure. C'est là que se forme le vent terrible qui, réuni aux froids courants échappés du flanc des Cévennes, balaie la Provence sous le nom redouté de *mistral*.

Avignon passé, voici la Provence, la patrie des vives imaginations, des folles danses, la mère de l'antique poésie des troubadours :

> Enfants de Provence,
> Jamais de noir chagrin.

dit le vieux refrain de nos pères. Arles, Tarascon, Beaucaire, avec leurs femmes charmantes, aux jupons courts, au parler musical, aux traits arabes, seraient déjà, aussi bien que Rome ou Naples, cette patrie de Mignon, où les orangers fleurissent, où le soleil colore les citrons et les grenades, et mûrit les sucs des cédrats parfumés.

A Beaucaire, le Rhône ralentit sa course, comme s'il sentait s'en approcher le terme. Bientôt, il se divise en deux bras, le grand et le petit Rhône, et forme, avec la Méditerranée, un delta gigantesque, l'île de la Camargue, où paissent en liberté, sur les pâturages salins, des milliers de taureaux noirs et de petits chevaux à la robe grisâtre.

Le delta ou triangle du Rhône commence un peu au-dessous d'Arles, et chacun de ses côtés a environ 30 kilomètres de longueur. La Camargue, si l'on en croit les faiseurs d'étymologie, existait déjà du temps des Romains, et son nom serait formé des trois mots latins : *Caii Marii ager* (le champ de Caïus Marius). Que Marius ait campé dans une île de l'embouchure du Rhône, je le veux bien, mais que cette île fût la Camargue de nos jours, on en peut douter. Car, dans l'intérieur de l'île, dont le niveau s'élève sur les bords, on trouve un lit naturel, ensablé et marécageux aujourd'hui, qui fut autrefois le vieux Rhône, l'unique embouchure du fleuve. Les cailloux apportés du flanc des montagnes, les terres arrachées aux rives, les sables amoncelés par la mer ont comblé le vieux lit, et le Rhône, aujourd'hui, se divise, à la pointe septentrionale de la Camargue, en deux branches : le petit et le grand Rhône.

Le grand Rhône se perd dans la Méditerranée, au pied de la tour de Saint-Louis. A l'embouchure du petit Rhône, s'élève la dernière ville que le fleuve baigne dans son cours. Cette ville a nom les Saintes-Maries. Une vieille tradition raconte que là s'arrêtèrent sainte Marie Jacobé et sainte Marie Salomé, lorsqu'elles eurent quitté la Judée, après la mort du Christ. Les saintes femmes vécurent quelques années sur cette côte alors sauvage, à l'ombre de quelques oliviers qu'arrosait une source d'eau douce.

Plus tard, un comte de Provence fit élever une église sur le lieu de leur sépulture; et, comme en ce temps-là l'église était toujours une citadelle, les pêcheurs vinrent demander à l'église protection contre les corsaires qui infestaient ces parages. Ainsi naquit la petite ville, à l'ombre du tombeau des saintes femmes.

Aujourd'hui encore, à ses murailles énormes, crénelées, flanquées de tourelles aux angles, à ses barbacanes grillées, à ses réduits, vous reconnaissez dans l'église des Saintes-Maries la citadelle catholique du moyen âge. Ces murs de forteresse servirent aussi de prison. On raconte qu'un jeune et beau troubadour avait su plaire à la fille d'un comte de Toulouse; le père, irrité, le fit plonger dans un des cachots de la citadelle. Là, il gémissait, en pensant à son amie, quand un jour retentit à ses oreilles, chanté par une voix enfantine, un canzone qu'il avait composé pour sa belle. Le

Le prisonnier des Saintes Maries.

pauvre prisonnier se hissa aux barreaux de sa prison pour regarder le chanteur. C'était un enfant qui chantait en dansant sous les murs de l'église.

Le prisonnier, ravi, lui tendit un beau morceau de pain blanc, la seule chose qu'il eût à donner en ce monde. L'enfant prit le pain, mit un doigt sur ses lèvres, et lança adroitement à travers les barreaux une lime et un poignard.

La nuit venue, le troubadour se glissait par la fenêtre aux barreaux descellés, et la fille du comte fuyait avec lui dans une barque légère sur les flots bleus de ce golfe du Lion, que l'on pourrait nommer plus justement le golfe du Rhône. A. R.

LA TOUR PENCHÉE DE SARAGOSSE

Tout curieux qui a parcouru l'Italie, soit en réalité, soit dans un recueil de descriptions et de gravures, connait la tour penchée de Pise. Il est bien peu de gens qui connaissent la tour penchée de Saragosse, en Espagne.

Les monuments ont ainsi leurs destins; il en est qui *réussissent;* d'autres ont beau mériter la gloire, ils ne peuvent même atteindre au bruit. Essayons de faire rendre justice à la tour penchée de Saragosse.

A quoi tient la célébrité de sa rivale de Pise? Est-ce à l'illustration même de la ville? Pise est une jolie ville de 30,000 âmes environ, qui en contint autrefois 150,000, et qui fit quelque figure dans les querelles des petites républiques italiennes du moyen âge. Mais Saragosse, ville de 50,000 âmes à cette heure, et capitale de l'Aragon, en eut jadis 200,000. Elle était, depuis des siècles, l'orgueil des Ibères, quand Auguste en fit une colonie romaine, et l'appela, de son nom, *Cæsarea Augusta*, dont les Espagnols ont fait *Zaragoza*, et les Français Saragosse.

Tour penchée de Saragosse.

La campagne qui entoure la ville toscane n'a rien qui l'emporte sur l'aspect à la fois élégant et grandiose qu'offre Saragosse, assise au milieu de ses jardins, et baignée par un fleuve et par deux rivières, l'Èbre, la Huerva et le Gallego. Plus riche que Pise en souvenirs antiques, la ville espagnole s'est acquis, dans l'histoire moderne, une de ces gloires qui sont à l'éclat passager d'une petite république ce qu'est le patriotisme d'une grande nation à la jalouse ardeur d'un municipe.

Saragosse a eu l'honneur de personnifier le culte de l'indépendance espagnole contre l'invasion française. En 1808 et 1809, ses citoyens, sous le commandement d'un héros, don José de Palafox, soutinrent deux siéges meurtriers : le premier, de 61 jours, au bout desquels les Français durent se retirer; le second, de 60 jours, qui se termina par la plus honorable des capitulations. Entre le 20 décembre 1808 et le 20 février 1809, dernier jour du second siége, 54,000 hommes avaient perdu la vie sur les murailles. Chaque rue, chaque maison, avaient été disputées à l'ennemi avec l'acharnement du désespoir; prêtres, femmes, enfants même, avaient combattu jusqu'au dernier soupir pour la patrie.

Saragosse, comme Pise, est une ville ouverte aujourd'hui. Dans ses rues étroites, mais régulièrement bâties, circulent quelques rares habitants, des hommes aux larges manteaux bruns, aux chapeaux à grands bords rabattus sur les yeux; des femmes enveloppées de leurs mantes de serge, et dont on entrevoit à peine le visage. En perdant les trois quarts de sa population des anciens jours, la ville de pierre est restée ce qu'elle était autrefois; elle est toujours immense, mais l'âme est partie.

C'est dans ce vaste tombeau que s'élève la curieuse tour dont nous donnons l'image. On la nomme la Tour-Neuve, bien que sa construction remonte à 1504. Elle est isolée au milieu de la place Saint-Philippe. Sa hauteur est d'environ 70 mètres, et on y monte par un escalier de 284 marches. Lorsqu'on se place à la dernière fenêtre qui s'ouvre au sommet de la tour, et qu'on regarde en bas, on est effrayé de voir l'énorme inclinaison qui semble entraîner les murs et le spectateur vers le pavé de la place; on se retient involontairement aux parois de l'étroite ouverture. Cette inclinaison n'est pas moindre, en effet, de 6 mètres, du pavé de la place au sommet.

La tour penchée de Pise, qu'on appelle le *Campanile torto*, n'a que 63 mètres de haut, et l'inclinaison totale n'est que de 5 mètres.

Est-ce de propos délibéré, par un caprice bizarre, que les architectes de ces deux monuments les ont jetés dans les airs en dehors de l'aplomb? Pour Pise, on peut le nier hardiment. Le Campanile torto consiste en une base ornée de colonnes, qui supporte six rangs d'arcades surmontées d'une tour d'un diamètre moins considérable que la base. La tradition rapporte que cette base était élevée déjà quand le sol s'affaissa tout à coup; l'architecte éleva la tour sur une base inclinée. Il put lui sembler hardi de terminer son œuvre, mais, assurément, il n'eût pas insulté de gaieté de cœur aux lois de l'équilibre.

Quant à la Tour-Neuve de Saragosse, elle est construite en briques, reliées par un ciment qu'ont durci les siècles. L'affaissement du sol se sera produit longtemps après l'érection de la tour, et lorsque la cohésion des parties en formait un tout qu'une inclinaison plus considérable ne suffirait pas à briser.

Le Campanile torto et la tour penchée de Saragosse ne seraient, si l'architecte les avait voulues ainsi, que des barbarismes d'art : à demi-chavirés dans les airs par une force invisible, ces deux monuments rappellent à la fois la hardiesse du génie humain et la fragilité de ses œuvres.

LA CARPE ET LE BROCHET

Voici deux poissons que réunit toujours la pensée du vulgaire. « Ma commère la carpe, avec le brochet son compère, » a dit La Fontaine; et cependant, en réalité, ces deux bons compères ne sont pas cousins, et tout au plus s'accordent-ils en matelote. Partout ailleurs, la carpe est au brochet ce qu'est le tributaire au seigneur, le gibier au chasseur : l'un mange, l'autre est mangé.

Tous deux habitent les eaux douces; mais leurs fonctions y sont diverses, comme leur conformation extérieure, qui les révèle.

L'une est destinée à purger les eaux des innombrables graines, des vers et des insectes, en un mot, des animalcules et des végétaux qui les infecteraient en s'y corrompant. L'autre a pour mission de limiter incessamment le nombre des poissons qui, sans lui, s'y multiplieraient en quantités incalculables.

L'une est un *cyprin* et appartient à la grande famille des *cyprinoïdes;* elle est le type du goujon, élément délicat de nos fritures; de la tanche, habitante des eaux vaseuses; de l'ablette, dont l'écaille brillante fournit la matière de nos fausses perles, et même de la dorade de la Chine, ce beau poisson à la livrée or ou argent, apporté à grands frais du fond de l'Asie, pour peupler nos bassins.

L'autre est un *ésoce*, et ses congénères sont peu nombreux.

Voyez cette carpe, qui semble vivre dans notre gravure. C'est un des produits monstrueux du

Rhin, cette patrie des carpes gigantesques. Sa bouche est petite, car il eût été inutile de lui donner un vaste orifice, pour engloutir des vermisseaux, des brins d'herbe et des graines microscopiques. Des barbillons sortent, en forme de moustaches, aux angles de la mâchoire. Les nageoires sont bien dessinées, les écailles larges, nuancées de blanc et de bleu sur un fond jaune sombre. Pas de dents à la mâchoire ; les os du pharynx, seuls, en sont garnis, et ces dents du gosier broient les aliments sur une sorte de meule osseuse ou d'os cartilagineux. L'apparence générale est épaisse et solide ; ce n'est pas là évidemment un poisson de haute nage et de chasse.

Bien autre est ce brochet, portrait authentique et pris sur le vif du monstre pêché en 1830, dans l'étang de Dampierre, et dont la tête énorme, exposée chez un fabricant d'engins de pêche du quai de la Mégisserie, attire incessamment les regards des curieux ; ce bel ésoce mesurait entre œil et queue 1 mètre 35 centimètres, et pesait un peu moins de 20 kilogrammes.

Voyez ce museau oblong, aplati, saillant ; cette bouche énorme, garnie de dents fines et aiguës sur presque tous les points de sa surface intérieure, et jusque dans le gosier ; ce corps robuste et délié, terminé par un vaste abdomen. Tout cela dit un poisson de proie, taillé en corsaire, un requin d'eau douce.

Tous deux participent à l'étonnante fécondité des poissons. Une carpe de 500 grammes contient 237,000 œufs, et ce nombre s'accroît en raison directe du poids. Calculez, et vous serez effrayé des résultats, surtout quand vous apprendrez que les carpes de 2 et de 3 kilogrammes ne sont pas rares dans les eaux qui conviennent à ce poisson, et qu'il s'en est trouvé qui dépassaient de beaucoup cette moyenne. On cite, par exemple, une carpe fameuse dans les annales de la gastronomie, qui fut servie sur la table du prince de Conti ; celle-là mesurait 1 mètre 33 centimètres et pesait un peu moins de 23 kilogrammes. Elle était originaire d'Allemagne. Une autre carpe allemande, pêchée à Francfort-sur-l'Oder, pesait 35 kilogrammes.

Ce serait à craindre qu'il n'y eût, dans nos rivières, moins d'eau que de carpes, si le brochet n'y mettait ordre. Lui aussi, contrairement aux lois ordinaires qui régissent la multiplication des carnassiers, il est doué d'une fécondité inouïe ; partout où jaillit une source, où se forme un étang, apparaît le brochet : c'est que ses œufs, répandus par myriades, s'attachent aux pattes des hérons, aux plumes des martins-pêcheurs, voyagent impunément par les airs dans l'estomac des oiseaux qui ne peuvent les digérer, vu leur qualité violemment purgative. Avec tous ces moyens de propagation, le brochet dépeuplerait les eaux, si des causes plus puissantes ne limitaient cette multiplication. D'abord, la plupart des œufs sont dévorés par d'autres animaux ou par le brochet lui-même, qui s'en montre très-friand ; puis, le brochet se fait à lui-même une rude guerre : il n'est pas rare de trouver dans l'estomac d'un gros brochet un brochet plus petit, qui lui-même en contient un plus petit encore. Quoique possédant la faculté du boa d'avaler et de digérer peu à peu une proie trop grosse pour être engloutie d'un seul coup, le brochet s'étouffe quelquefois en s'obstinant à avaler une proie aussi volumineuse que lui-même. Enfin, il est des poissons, comme la perche et l'épinoche, qui le punissent de sa gourmandise, en roidissant, dans les convulsions de l'agonie, les aiguillons dont sont armées leurs nageoires dorsales. Les vieux brochets, corsaires expérimentés, ne s'y laissent point prendre ; mais plus d'un brocheton en périt, l'estomac troué. Ajoutez à tant de causes de destruction, les maladies, les vers qu'enfantent ses excès gastronomiques, et vous comprendrez que la fécondité du brochet n'est plus qu'une sage prévision du Créateur.

Encore n'ai-je pas parlé du plus terrible des ennemis du brochet, l'homme, ce grand justicier de la création, qui rétablit partout l'égalité entre le vainqueur et le vaincu, en les croquant impartialement l'un et l'autre.

L'homme a trouvé que la chair de la carpe, lorsqu'elle n'habite pas des eaux vaseuses, est délicate et saine ; celle du brochet, blanche, ferme, feuilletée, savoureuse, de facile digestion, lui a paru préférable encore ; aussi, l'homme a-t-il à peu près domestiqué la carpe, récoltée dans les étangs comme le blé dans la plaine. Quant au brochet, tous les engins connus de la pêche réussissent à le prendre ; car, né pour l'attaque, il est peu propre à la défense. La carpe est bien autrement rusée que ce tyran des eaux. Malgré sa gloutonnerie, elle se défie de l'hameçon et ne se laisse pas prendre deux fois au même piége. Si elle sent l'épervier du pêcheur s'abattre sur elle, ou la seine l'entourer de ses replis, elle pique dans la vase, et ne laisse au filet que sa queue souple et musculeuse sur laquelle glissent les mailles impuissantes.

C'est ainsi qu'il peut se faire que la carpe soit rare, et plus rare encore le brochet ; ainsi tout s'équilibre dans la nature, et chacun garde sa place, protégé tout à la fois et contenu dans ses développements par l'infinie prévoyance du Créateur.

Ceux de ces deux poissons qui échappent à tant de causes de destruction, atteignent des proportions énormes. J'en ai cité quelques exemples. Mais que penser des longévités étonnantes qu'on attribue d'ordinaire à ces individus gigantesques?

Faut-il croire, par exemple, à cette carpe de Lusace, qui comptait deux cents ans bien constatés? Ces vieilles carpes de Charlottenbourg, le château de plaisance des rois de Prusse, celles aussi des bassins de Fontainebleau et de Versailles, de Chantilly et de Ponchartrain, ont dépassé de beaucoup la centaine, au dire de quelques-uns; et, aujourd'hui encore, on pourrait voir à Fontainebleau quelques-uns de ces cyprins énormes qui venaient, à l'appel de François Ier, recevoir les tranches de mie de pain coupées par la main royale.

Si tous ces beaux contes pouvaient se trouver vérifiés, il faudrait croire qu'une carpe de 70 livres,

La Carpe du Rhin.

mesurant 7 pieds, serait contemporaine du déluge. Car si, au bout de huit à dix mois, la carpe atteint ordinairement 15 ou 18 centimètres, sa croissance est ensuite très-lente. Mais on ne s'arrête pas dans l'incroyable : Paul Jove parle de carpes de 200 livres pêchées dans le lac de Côme, et Pline le Naturaliste, que rien n'étonne, cite des brochets de 1,000 livres, qui auraient vécu huit cents ans!

Pour le brochet cependant, en dehors de ces fables, il faut bien reconnaître une longévité peu commune. En voici une preuve authentique : on pêcha, en 1497, à Lautern, près de Manheim, un

Le Brochet de l'étang de Dampierre

brochet long de *dix-neuf pieds*, pesant *trois cent-cinquante livres*, et âgé de plus de *deux cent-trente-cinq ans*, ainsi que le constatait son acte de naissance, qu'il portait gravé sur un anneau de cuivre doré passé dans ses ouïes : « *Je suis*, était-il dit dans l'inscription, *le poisson qui fut jeté le premier dans cet étang par les mains de l'empereur Frédéric II*, le 5 *octobre* 1262. Le portrait de ce monstre, conservé aujourd'hui encore dans le château de Lautern, et son squelette longtemps exposé à Manheim, ne permettent pas le doute sur l'authenticité du fait.

D. P.

CAUSES CÉLÈBRES

ILLUSTRÉES.

Rédigées par **A. FOUQUIER**, continuateur de l'ANNUAIRE HISTORIQUE DE LESUR

PARAISSANT TOUS LES QUINZE JOURS, PAR FEUILLE DE 16 PAGES IN-4°, A 2 COLONNES

ORNÉES DE 3 OU 4 GRAVURES

et formant chaque année un magnifique volume in-4°, de 400 pages, illustrées de **80** à **100** gravures, avec Titre et Table.

Le volume de 1857 (1re année) contient : les CHAUFFEURS; LACENAIRE; PAPAVOINE; Mme LAFARGE; VERGER; SOUFFLARD; MONTCHARMONT; de PRASLIN; DAMIENS; LOUVEL; de BOCARMÉ; LÉOTADE; LOUIS XVI et MARIE-ANTOINETTE; BÉRANGER (Chansons de); MINGRAT et CONTRAFATTO; FIESCHI, MOREY et PEPIN (Machine infernale de 1835).

La deuxième année (1858), en cours de publication, comprendra : Capitaine DOINEAU; ATTENTAT DU 14 JANVIER 1858; BENOIT LE PARRICIDE; DONON-CADOT; DELACOLLONGE; de JEUFOSSE, POCHON, BRAQUET, PONTERIE-ESCOT (l'Homicide légitime); bande LEMAIRE; CALAS, SIRVEN et de LABARRE (l'Assassinat juridique); TESTAMENT DU PRINCE DE CONDÉ; les FAUX DAUPHINS; l'institutrice DOUDET; MANDRIN; CARTOUCHE; COLLET; PALMER; les MANIEURS D'ARGENT DEVANT LA JUSTICE, etc.

Chaque procès a sa pagination propre et distincte, et peut s'isoler ou se combiner, au gré du lecteur.

Le prix du 1er volume (1857), broché, est de : Pour Paris, **6** fr.; pour les Départements, **7** fr.
Le prix de l'Abonnement an 2e vol. (1858) est de : — **6** fr. — **7** fr.

Les Abonnements à l'année 1858 sont servis mensuellement par cahiers brochés, et il sera délivré gratis *à MM. les Souscripteurs, avec le dernier cahier, un Titre et une Couverture du Volume.*

SPÉCIMEN DES ILLUSTRATIONS.

LES CHAUFFEURS. — Le Meurte du Gars d'Etrechy.

PARIS. — IMPRIMERIE DE J. CLAYE, RUE SAINT-BENOÎT, 7.

www.ingramcontent.com/pod-product-compliance
Ingram Content Group UK Ltd.
Pitfield, Milton Keynes, MK11 3LW, UK
UKHW020346250726
13967UKWH00005B/2134

9 782013 033909